# 인생을 바꾸는 이메일 쓰기

이슬아 지음

# 인생을 바꾸는 이메일 쓰기

이야기장수

이것은 뉘앙스에 관한 이야기다.

적은 양으로 큰 변화를 만드는 문장력에 관한 이야기다.

나는 이메일을 최고로 아름답게 쓰는 업계에서 일한다.

잘 쓴 이메일을 주고받는 사람들의 일상은 어딘가 다르다.

수심은 옅어지고 기쁨은 두 배가 되며

동료와 웬만해선 척을 지지 않는다.

오해가 줄고 마음을 얻고 때로는 돈도 더 크게 얻으며

일하는 자신을 꽤나 좋아할 수 있게 된다.

온갖 최신 기술이 판을 치는 이 시대에도

우리는 여전히 이메일이라는 올드미디어로

내밀한 업무를 주고받고 중대한 결정을 내린다.

이메일이 다른 무엇으로 대체된 세상에서도

우리가 연마한 기술은 유효할 것이다.

이메일을 잘 쓴다는 건 나의 욕망과 상대의 욕망을 읽고

그 사이를 유창한 언어로 오가는 일이기 때문이다.

나는 이 기술이 필요하지 않은 세상을 상상하기가 어렵다.

차례

## 이메일로 팔자 고친다는 말이
## 과장처럼 들리는가?

    언제부턴가 신점을 보지 않는다. 신보다 원망스러운 게 나라서 그랬다. 운명의 장난 같은 시련은 잊을 만하면 한 번쯤 슬쩍 다가왔으나, 내가 직접 싸지른 실수는 하루가 멀다 하고 겨드랑이에 식은땀 흐르게 만들었다. 후회 좀 해본 자라면 실수가 새어나오는 곳이 대체로 주둥이와 손가락이라는 것쯤은 익히 알 것이다. 남 탓도 세상 탓도 못 하는 낭패의 순간마다 깨닫곤 했다. 인생의 많은 일들이 내 입과 손에 달려 있다는 것을……

    물론 세상엔 더 거대한 문제들이 있다. 각종 천재지변과 인재지변에 비하면 우리가 이메일로 처리하는 업무는 먼지만큼 작고 소소해 보인다. 세계는 신의 주사위 놀이처럼 불공평하고 인류의 미래는 그닥 밝지 않을 전망이다. 허나 우리는 기후위기 뺨치게 걱정스러운 이메일을 써낼 수도 있는 존재이고 멸종위기에 처한 친절과 낭만과 유머를 되살릴 수도 있는 존재다.

단군 이래 전 국민이 매일 이만큼 방대한 텍스트를 타이핑하는 시기는 없었다. 나는 이메일의 위력을 과소평가하고 싶지 않다. 화면 앞에는 사람이 있다. 이쪽엔 내가 있고 화면 건너편 쪽에도 누군가 살아 숨쉬며 나의 메일을 읽는다. 시대의 풍파를 막을 수는 없어도 앞사람과 옆사람과 뒷사람에게 어떤 동료 인간이 될 것인지는 매 순간 정할 수 있는 것이다. 온라인 대화량이 오프라인 대화량을 초과하는 세상에서는 특히 손가락에서 새어나오는 말들을 점검하는 게 좋다.

실시간으로 소통 가능한 시대에 어째서 여전히 이메일이냐는 의문이 들지도 모르겠다. 책상에 앉아 노동하는 사람이라면, 좋든 싫든 문장이란 걸 써내는 직장인과 프리랜서라면 반드시 이메일로 중요한 대화를 나누게 된다. 이메일은 카톡, 문자, DM보다 느린 매체다. 채팅보다 덜 즉각적이라는 특징이 이메일의 핵심일 테다. 상대에게 시간을 벌어주는 예의바른 매체라는 것. 아무리 짧은 메시지라도 최소한의 격식을 갖추게 한다는 점에서 이 올드미디어는 발신자의 태도를 조금 더 신중하게 만든다. 말하면서 생각을 정리하는 대신 생각을 정리한 뒤 말하게 하며, 오래 살아남은 말투와 글투를 택하게 한다. 이렇게 쓴 메일 한 통은 그 자체로 문서로서 효력을 지니고 자료의 아카이빙에도 유용하다. 메일함은 일이 시작되고 쌓이고 보관되는 곳이다.

외국어에 유창하거나 맛있는 한 상을 뚝딱 차려내거나 노래를 기막히게 잘하는 사람처럼, 이메일을 잘 쓰는 사람은 멋지고 이롭다. 무엇보다 자기 자신에게 가장 그렇다. 이메일의 실력자라면 사주든 신점이든 굳이 보러 가지 않아도 좋을 것이다. 잘 쓴 이메일이 부적처럼 당신을 지켜줄 테니까. 문장이 달라질 때 팔자가 달라지는 건 당연한 이치다. 인생의 질은 대화의 질에서 비롯된다. 우리들의 작은 인생은 결국 대화로 이루어져 있다. 그리고 현대의 대화란 반 이상이 활자로 진행된다.

누군가는 챗GPT에게 작성을 맡기기도 할 테지만 아무리 짧아도 이메일은 자기 이름을 걸고 쓰는 글이다. 초안 정도를 도움받을 수는 있겠으나 완성해서 보낸 글의 책임을 AI에게 물을 수는 없다. 생성형 인공지능이 발달해도 최종 확인자가 나라는 점에서 검토와 수정은 불가피하다. 이 꼼꼼한 책임감까지가 문장력이다. 라면 정도는 끓일 줄 알아야 하고 밥솥에 쌀 정도는 안칠 수 있어야 하듯, 기본기를 갖춘 이메일쯤은 스스로 쓸 줄 알아야 한다. 그래야 내가 남에게 저지를 실례를 미연에 방지할 수 있고, 남이 저지른 실례로부터 나를 보호할 수 있다.

다양한 직업을 거쳐온 15년간 여러 사람들과 수천 통의 이메일을 주고받았다.

나는 늘 이런 것이 궁금했다. 내 실속을 챙기면서도 무례하지 않을 수 있을까? 상냥하면서도 얕보이지 않을 수 있을까? 돈 더 달라는 말을 어떻게 해야 비굴하지 않을까? 거절하면서도 상처 주지 않을 수 있을까? 싸우지 않고 원하는 것을 얻을 수는 없을까?

후회하고 고생하고 다시 고쳐 쓰면서 알게 되었다. 쓰면 쓸수록 쑥쑥 좋아진다는 걸. 정말 사사로운데 엄청나게 도움이 되는 지혜를 눈과 마음과 손가락에 체화하게 된다는 걸. 이메일의 세계에서는 알아두면 무조건 유용한 팁들이 잔뜩 있다. 타인들과의 시행착오로부터 건져올린 크고 작은 기술들을 차차 풀어놓을 것이다. 그전에 가장 중요한 한 가지를 당장 말하겠다.

웬만하면, 고운 마음으로 메일함 앞에 앉아야 한다.

그러기 쉽지 않다는 걸 나도 안다. 마음을 곱게 먹었다가도 금세 사나워질 일들 천지인 게 삶임을 모르지 않는다. 그러나 역시, 그럼에도 불구하고, 마음을 다시 고쳐먹는 것이 좋다. 고도로 숙련되어 다져진 고운 마음만큼 강한 것은 없다.

이쯤에서 전설의 밴드 산울림의 노래를 함께 듣고 싶다. 한국 대중음악사에 한 획을 그은 명곡 〈내 마음에 주단을 깔고〉는 이메일을 쓰는 사람이 정기적으로 청음해야 할 클래식이다. 이 노래의 가사처럼 우리 마음에 주단을 간다고 상상해보자. 비단 중에서도 귀한 비단. 레드 카펫보다 밟기 좋고 걷기 부드러워서 내 쪽으로 막 다가오고 싶어질 만한 재질로 준비하자. 그 비단이 무엇이냐 하면 바로 우리가 쓰는 문장이다.

잘 쓴 문장은 단순히 유려한 필력만을 의미하지 않는다. 습관적인 역지사지와 수신자에게 먼저 주는 애정까지가 한 세트다. 내 길목이 아닌 그대의 길목까지 미리 가서 서 있어본 사람만이 쓸 수 있는 게 좋은 문장이란 말이다. 예쁜 촛불과 향기로운 꽃길에 버금가는 환대의 기운을 문장에도 불어넣을 수 있다. 그럼 수신자가 모를 수 없게 된다. 사뿐히 밟으며 걸어오고 싶어진다. 비단을 깔아놓은 내 마음 위를.

　그렇게까지 타인을 모시면 내 마음이 닳지 않느냐고? 천만의 말씀. 마음이란 그런 식으로 닳아 없어지는 게 아니다. 밥 먹고 온 사이에 이파리가 부쩍 길어진 스킨답서스 화분처럼 마음은 자라고 또 자란다. 우리 내면의 비옥한 구석구석을 살피며, 실용적이고 아름다운 문장을 함께 갈고닦을 것이다. 다정함도 기술이므로. 혼란스러운 세상일수록 서로에게 친절해져야 한다는 믿음으로 이 책을 시작한다.


2025년 봄
답장해야 할 메일이 쌓인 노트북 앞에서
이슬아

*a* **첫번째 비기**

"이메일의 좋은 점은 무엇보다,
상대방한테 시간을 벌어준다는 거예요."

# 이메일의 E자도
# 모르는 사람아···

2018년 겨울. 직원을 구하기로 결심했다. 나 대신 이메일을 써줄 사람이 필요해서였다. 출판사 거래처와 독자로부터 쏟아지는 메일에 답장하는 데에만 꼬박 하루가 걸릴 만큼 일복이 터지고 있었다. 과로에 시달리며 주위를 둘러보니 인재들이 제법 많았다. 문학에 조예가 깊은, 말발도 글발도 끝내주는 절친들. 하지만 고용 관계가 되고 나면 우리 우정이 빠그라질까 봐 걱정이었다. 아예 모르는 사람을 채용하는 게 나으려나 고민하던 차에 앞집 사는 복희님이 현관문을 두드리더니 김치전 한 판을 내밀었다.

방금 부쳤는지 전에서 지글지글 소리가 났다. 복희님은 나의 퀭한 얼굴을 보고선 금강산도 식후경이라는 둥, 공수래공수거인 인생에서 무슨 부귀영화를 누리겠다고 그렇게 일을 많이 벌이냐는 둥 속 편한 소리를 몇 마디 하고는 덧붙였다.

"요 앞에 기사식당 있지? 거기 취직할까봐."

김치전은 먹음직스러운 주홍색으로 자태를 뽐내는 중이었다. 지체하지 않고 맛을 봤다. 겉은 바삭한데 속은 촉촉한 식감, 신맛과 짠맛과 단맛의 절묘한 밸런스, 방심할 때쯤 치고 들어오는 청양고추의 뜸한 빈도까지 그야말로 완벽했다. 부침개라는 걸 천 번은 부쳐본 사람의 작품이었다. 이런 손맛과 입맛을 지닌 이를 식당에서 놓칠 리가 있겠는가? 그런 생각을 하며 뜨거운 김치전을 오물거리고 앉아 있자니 어쩐지 나도 이 사람을 놓쳐선 안 된다는 직감이 들었다.

"……기사식당이 잘해준대?"

관심 있는 상대가 다른 애랑 썸 타서 신경쓰일 때랑 영락없이 비슷한 말투였다. 복희님은 심드렁히 대답했다.

"그래봐야 최저시급 주겠지."

속으로 복희님의 유일무이한 특장점들을 헤아려보았다. 체력이 남다르다는 점, 일을 본인이 찾아 나서서 한다는 점, 고운 이에게나 후진 이에게나 두루 친절하다는 점, 손과 발이 빠르다는 점 등을 감안했을 때 도무지 7천 원대 시급으로 모셔서는 안 될 재목이었다. 그런 이를 바로 앞집에 두고도 지나치다니 등잔 밑이 어두웠던 것이다. 금강산이 절로 보이는 부침개를 부치는 사람이 이메일 하나 제대로 못 쓰겠는가? 온갖 3D 업종에서 산전수전 다 겪은 사람이 출판사 사무직 정도에 나가떨어지겠는가? 나는 방통을 재등용한 유비의 마음으로 말했다.

"내가 더 잘해줄 수 있는데."

멋진 대사라고 생각했으나 복희님이 곧바로 "얼마나?"라고 물어서 머쓱해졌다. 그는 방통이 아니라 제갈량이었고 나는 삼고초려하듯 설득하지 않을 수 없었다. 기사식당보다 얼마나 더 좋은 조건으로 그를 채용할지에 대해 말이다.

그렇게 복희님은 혜엄 출판사의 첫번째 정직원이 되었다. 내 나이 스물일곱, 그의 나이 쉰두 살 때였다. 아직 모르고 계신 분들을 위해 말해두자면 복희님은 내 엄마다.


그는 내 글에 가장 자주 등장하는 사람이지만 모든 이야기는 글로 쓰는 순간 왜곡되기 마련이다. 현실의 복희님과 글 속의 복희님은 일치하지 않는다. 에세이든 소설이든 픽션이 가미되는 장르인 만큼 실제 경험을 더 극적으로 편집했을 거라고 오해받곤 하는데, 실은 반대다. 복희님과의 현실은 소설보다 더 심하다……

내가 간과한 건 복희님이 이메일은커녕 살면서 키보드 자판 한 번 두드려보지 않은 50대라는 사실이었다. 한 번 맛본 음식을 곧바로 구현하는 절대 미각의 소유자지만 이메일 계정은 없었다. 된장과 간장을 직접 담그고 배추김치도 매년 200포기씩 담그지만 타자는 칠 줄 몰랐다. 그의 사무 경력은 1988년 경리직이 마지막이었다. 모든 걸 종이에 적던 시절, 그가 가진 스펙이라곤 주산 자격증이 전부였던 시절이었다.

괜찮다고 생각했다. 이메일이 어색하기만 한 시기를 누구나 거친다. 내가 그나마 봐줄 만한 메일을 쓰게 된 것도 스무 살 이후의 일이다. 우리는 모를 수도 있고 배울 수도 있는 존재다. 찬찬히 가르쳐주기로 결심하고선 복희님과 일하기 시작했다. 대표 한 명과 직원 한 명. 고작 둘뿐이긴 해도 수익을 내는 진짜 회사이기 때문에 근무시간엔 서로 존댓말을 쓰기로 협의했다.

출근 첫날, 노트북 앞에 나란히 앉아 헤엄 출판사 이메일 계정과 비밀번호를 알려주고 있는데 복희님이 내게 물었다.

"근데…… 컴퓨터를 꺼도 이메일이 와요?"

너무 놀라운 질문이라 나도 모르게 곧장 반말이 튀어나왔다.

"그게 무슨 소리야."

복희님은 별다른 부끄러움 없이 자신의 생각을 말했다.

"누가 나한테 이메일을 보냈는데 만약…… 내 컴퓨터가 꺼져 있으면 메일을 못 받지 않을까 해서."

복희님이 이메일뿐 아니라 인터넷조차 잘 모르고 있음을 그제야 알게 되었다. 나로서는 동네 뒷동산을 삼십 분쯤 산책할 생각이었는데, 눈앞에 펼쳐진 게 삼박 사일짜리 지리산 종주 코스인 상황과도 같았다. 기막히는 가슴을 차분히 진정시키며 존댓말로 설명했다.

"우리 동네에 매일 오는 우체국 기사님 알죠?"

"빨간 오도바이 타고 다니시는 아저씨."

"맞아요. 우편물을 우편함에 쏙 넣고 가시잖아요."

"응."

"전해야 할 우편물이 있는데 엄마가 집에 없다고 해서, 안 넣고 가시는 경우는 없어요."

"……그르네."

"이메일함도 우편함이랑 비슷해요. 컴퓨터가 켜져 있든 꺼져 있든 간에 도착해야 할 소식은 메일함에 쌓이게 되어 있어요. 상대방 메일 주소만 알면 직접 찾아오지 않고도 얼마든지 메일을 보낼 수 있거든요. 그게 인터넷이라는 거고요."

"혹시 '인터넷' 할 때 'E'랑 'Mail'을 합쳐서 '이메일'인 건가?"

"······인터넷은 'I'로 시작해요."

"그렇구만!"

"일렉트로닉 메일Electronic Mail을 줄인 거예요. 전자우편."

"일렉트로닉이라고 하니까 약간 막 에스에프? 미래 세계 같
다!"

"발명된 지 오십 년이 넘긴 했는데······"


그렇게 갓 이메일의 개요를 깨달은 복희님이 혼자 힘으로
쓴 첫 이메일은 다음과 같다.


(제목 없음)

안녕하세요.헤엄 출판사 의 팀장이 된 장복희입니다.

이슬아 작가가 지금 밥도 못먹고 일할 정도로.

워낙에 바쁜나머지. 제가. 대신 답장드립니다.

이슬아작가의 일간이슬아수필집을 주문해주셔서 고맙습니다.

10권 고이고이~ 포장해서 택배 붙일게요.

오늘중으로 입금.요망.

푸짐한저녁 되세요~~~

장복희 드

그를 기사식당에 취직하도록 내버려뒀어야 했다는 걸 그때 깨달았다.

내가 아는 사람 중 가장 훌륭한 인품을 지닌 사람이…… 이 메일은 개떡같이 쓰고 있었다.

어디서부터 고쳐야 할지 막막했으나 소중한 거래처에 이런 메일을 보낼 수는 없다는 점은 분명했다. 나는 복희님을 앉혀 놓고 가르치기 시작했다. 사소해 보이지만 매우 중대한 모든 디테일들에 대해 말이다.

**헤엄 출판사 의 팀장이 됀 장복희입니다.**

└, "엄마. 이럴 땐 된장찌개만 생각해요. 된장찌개의 '된'이야. '됀장찌개'는 없잖아. 그치?"

"맞어!"

"그리고 '헤엄 출판사 팀장 장복희입니다'라고만 적어도 괜찮아요. 거래처 사람은 엄마가 예전부터 팀장이었는지 최근에 팀장이 됐는지 굳이 알 필요가 없으니까."

"그르네!"

**이슬아 작가가 지금 밥도 못먹고 일할 정도로.**
**워낙에 바쁜나머지. 제가. 대신 답장드립니다.**

ㄴ, "진짜 아찔한 TMI네…… 내가 밥 못 먹은 걸 누가 신경써? 엄마

　　밖에 신경 안 써……"

"오죽 바쁘면 밥도 못 먹겠냐는 거지—"

"업무 메일에서는 징징대면 안 돼요. 그리고 왜 자꾸 이상한 곳에

　마침표를 찍어요?"

"내가 마침표를 찍었어? 어디? 아유 노안이 와가지구 안 보여 점

　이……"

"입금. 요망. 이렇게 쓰면 되게 정색하는 거 같고 이상해요."

"돈 받는 게 중요하니까 한번 강조해본 건데……"


**이슬아작가의 일간이슬아수필집을 주문해주셔서 고맙습니다.**

**10권 고이고이~ 포장해서 택배 붙일게요.**

ㄴ, "'이슬아' 띄고 '작가'로 고치고요. 책제목에는 꺾쇠를 달아서 〈일

　　간 이슬아 수필집〉이라고 표기해주어야 돼요."

"꺾쇠. 오케이."

"'고이고이' 옆에 물결표는 왜 붙인 거야?"

"그만큼 고이— 고이— 예쁘게 책을 싼다는 거지."

"택배는 붙이면 안 돼. 부쳐야지…… 부침개랑 똑같아요!"

"부침개! 오케이!"

장복희 드

ㄴ "'장복희 드림'이라고 쓰려던 거지?"

"응. '림'이 언제 사라졌지?

"그리고 제목을 이렇게 비워두면 안 돼. 제목은 어떻게 쓰는 거냐
면……"


설명할 것은 끝도 없었다. 제아무리 훌륭한 성인일지라도
이메일은 연습하지 않으면 잘 쓸 수 없다는 단순한 진실이 우
리 앞에 놓여 있었다. 입사 후 몇 달간 이메일을 고치고 또 고
쳐야 했던 복희님은 이런 눈빛으로 나를 바라보았다. '잘해준
다며……' 그러다가도 월급날이 되면 근심 하나 없는 얼굴로
콧노래를 흥얼거리며 노트북 앞에 앉았다. 그의 공식 업무 중
하나는 '한컴타자연습'을 수행하는 것이었다. 내겐 눈감고도
다룰 만큼 익숙한 키보드 자판이지만 복희님께는 그렇지가 않
았다. 그는 생전 처음 보는 악기를 만지듯이 힘을 잔뜩 준 채로
어색하게 자음과 모음의 위치를 익히고자 용썼다. 집중하니까
자꾸 침이 흐른다며 습, 습, 입맛을 다시기도 했다.

그랬는데도 노트북 자판과 친해지는 데에 끝내 실패하는 복
희님이었다. 급기야 모든 이메일을 자신의 휴대폰으로 쓰기
시작했다. "그걸로 쓰면 너무 느리지 않아요?" 내가 염려하자

복희님은 걱정 붙들어매라는 듯 "엄청 빨라요~ 봐봐!" 하며 자신의 휴대폰 타자 실력을 보여주었다. 복희님의 스마트폰엔 이상하게도 늘 고춧가루가 한두 개씩 묻어 있었다. 카드와 신분증 때문에 뚱뚱해진 다이어리형 케이스를 쓰는 건 말할 것도 없다. 그러나 그의 손놀림은 과연…… 노트북을 사용할 때보다 세 배는 빨랐다.

메일을 쓰면 쓸수록 만만찮은 글자 노동이라는 걸 깨달았는지 복희님은 더욱 질문이 많아졌다.

"근데 왜 꼭 이메일을 보내야 돼? 전화로 안 말하고?"

"엄마, 한창 밥하느라 바쁠 때 명숙이 아줌마가 대뜸 전화로 하소연 늘어놓으면 정신없죠?"

"그르킨 해."

"딴사람들도 그럴 거예요. 중요한 회의중일 수도 있고, 운전중일 수도 있고, 꿀 같은 휴식을 취하고 있을 수도 있는데, 상대방 용건을 받아들일 준비가 안 된 시점에 다짜고짜 전화가 걸려오면 당황스럽잖아요."

"문자로 용건을 말하면?"

"업무 관계에서 모두가 상대의 핸드폰 번호를 알지는 않으니까요. 그리고 문자는 장문의 내용을 쓰기엔 입력창이 작아요. 이메일이 훨씬 정돈된 공식 서신이죠."

"카톡은?"

"지나치게 사적이에요. 업무 초반부에 쓰기엔 부적절할 수 있어요. 빨리 답장해야 한다는 압박을 준다는 점에서 부담스럽기도 하고……"

그 대답을 이어가다가 나도 모르게 이메일의 아주 중요한 특징을 말하게 되었다.

"이메일의 좋은 점은 무엇보다, 상대방한테 시간을 벌어준다는 거예요. 차분하게 업무 내용을 숙지할 시간. 정돈된 답장을 쓸 시간. 카톡보다 문자보다 전화보다 덜 즉각적이니까요."

복희님이 한번 더 곱씹었다. "좋다~ 시간을 벌어준다니~"

그 말이 되돌아오는데 문득 이상한 기분이 들었다. 내가 아주 오래전부터, 복희님에게 가장 해주고 싶었던 게 바로 그것이었기 때문이다. 돈이 많아지면 엄마에게 시간을 벌어주고 싶다고, 일을 멈춰도 될 시간을 선물해주고 싶다고, 그런 애틋하고 갸륵한 문장들을 첫 책에 꾹꾹 눌러 적었다. 그래놓고 엄마를 고용하여 실컷 일을 시키고 있는 나 자신이 미웠다. 어쩔 수 없었다고도 말하고 싶었다. 나로선 이 방식이 최선이었으니까. 그의 몸과 마음이 다치지 않는 노동을 주는 것. 기사식당보다 훨씬 잘 모시는 것. 다른 사장님들보다 좋은 사장님이 되는 것……

　그의 시간을 벌어준 건지 잃게 한 건지 모르는 채로 7년이 흘렀다. 그사이 헤엄 출판사의 일꾼이 한 명 더 늘어났다. 복희 님의 남편, 그러니까 내 아빠인 웅이님을 정직원으로 채용해서다. 여전히 작은 회사이긴 해도 내가 돈에 한 맺힌 사람처럼 왕성히 매출을 낸 덕에 법인회사로 전환되었다. 새로 지은 회사의 이름은 주식회사 이슬아컴퍼니다. 복희님은 여전히 나의 이메일 답장을 담당하고 있다.

　안녕하세요. ○○○ 기자님.
　이슬아 작가님과 함께 이슬아컴퍼니를 운영하는 이사 장복희입니다.
　작가님께서 여러 일로 분주하여 제가 대신 회신 드립니다.

　이슬아 작가님의 활동에 관심 가져주시고 정성스럽게 인터뷰 요청해주셔서 고맙습니다. 귀한 신문의 인터뷰 지면인 만큼 저희도 감사한 마음으로 내용을 확인했습니다.

　다만 송구스럽게도, 현재 이슬아 작가님은 〈일간 이슬아〉 연재와 드라마 집필을 병행하시느라 여력이 없는 상황임을 전하고 싶습니다. 일간 연재도 각본 작업도 워낙 많은 시간이 필요한 일이기에, 당분간은 외부 요청들을 정중히 고사하고 있습니다. 모든 섭외를 수락하기엔 이슬아 작가의 시간과 체력에 한계가 있음을 부디 너그러이 이해해주시면 좋겠습니다.

따뜻한 메일 주셨는데 아쉬운 대답 드려서 죄송합니다. 3월이지만 아직 바람이 차네요.
변덕스러운 날씨에 몸 마음 잘 돌보시며 지내시길 바라겠습니다.
이슬아컴퍼니 장복희 드림

이제 복희님은 손색없는 이메일을 쓴다. 물론 노안 때문에 때때로 이상한 곳에 마침표를 찍고, 여전히 기상천외한 오타를 내곤 하지만, 나의 답장 대리인으로서 평타 이상의 이메일을 날마다 생산하고 있다.

가끔은 그날을 곱씹는다. 복희님이 김치전을 가져다주던 오후. 그것을 맛보던 나와, 기사식당에 취직할까 고민하던 복희님. 나는 부침개를 먹으며 잘해줄 수 있다고 약속한다. 그 부침개가 복희님이 수천수만번째로 나에게 해다 바친 음식인 줄

의식조차 못 한 채로, 내가 엄마한테 잘해주겠다고 당당히도 말한다. 복희님은 두 가지 가능성 사이에서 진동중이다. 기사 식당으로 갈까. 딸의 출판사로 갈까. 그 순간의 복희님에게 몇 번이고 다시 돌아간대도, 나한테 오는 게 훨씬 좋다고 말해주고 싶어서 나는 더욱더 사장이 되어간다.

# *α* 두번째 비기

"이것이 호명의
위력이다."

# 이름을 틀리면
# 모든 것이 수틀린다

당연하게도, 이름을 똑바로 써야 한다. 너무 당연한 소리라 김이 새는가? 나는 오죽하겠는가! 하지만 어쩔 수 없다. 메일을 쓸 때 이름을 제대로 부르거나 밝히지 않는 사람은 세상에 아주 많으므로, 사실상 오줌을 싼 뒤 손을 씻지 않는 사람 수만큼 많으므로, 짚고 넘어가야 하겠다.

　이메일은 익명 뒤에 숨지 않는 글쓰기다. 물론 이삼십 년 전엔 닉네임으로 이메일을 쓰는 사람들이 흔했다. 여덟 살의 나에게 이메일을 처음 알려준 우리 아빠의 닉네임은 '지중해'였고(지중해 가 본 적 없음) 나의 닉네임은 '다래'였으며(당시 키우던 개 이름) 중학교 문학 선생님의 닉네임은 'ssojulike'였다(퇴근하면 늘 소주를 드셨음). 때론 그 시절이 그립기도 하지만 멀리 와버렸다. 펜팔처럼 이따금 안부를 주고받던 시대를 지나, 하루의 주된 시간을 이메일 쓰기에 할애하는 직업인이 된 것이다. 이제 이메일은 우리의 생계가 달린 장이다.

사람들은 대부분 실명을 걸고 일한다. 실명이 아니라 해도 그 이름에 공적 책임을 지겠다는 의지가 깃들어 있다는 점에선 비슷한 무게를 지닌다. 창작자로서의 필명이나 회사용 영어 이름 또한 사회적으로 각인되고 싶은 활동명이다. 그가 타고난 이름이든 불리기로 선택한 이름이든 틀리지 않고 적어야 한다. 상대 이름을 적는 위치는 보통 메일의 제목 혹은 첫 문장이다. (만약 둘 중 어디에도 상대의 이름을 쓰지 않았다면 스스로를 미심쩍게 돌아보는 것이 좋겠다……) 상대의 사회적 자아를 정확하게 소환하며 시작되는 게 이메일이라는 의미다.

이름을 똑바로 쓰는 것만으로 훌륭한 메일이 되지는 않는다. 그러나 이름조차 똑바로 쓰지 않는다면 그 메일은 이미 틀려먹었다고 보면 된다.

아무리 좋은 데이트 장소에서 분위기를 잡고 멘트를 친다 해도 복희님을 복순씨라고 잘못 불렀을 때 깨져버릴 몰입감을 생각해보자. 복희님은 생각할 것이다. '나한테 관심 있는 거 맞아?' 이런 일도 잦다. 섭외 업체 담당자님께서 '이슬아 작가님께 강연 문의'라는 제목의 메일을 보내셨는데, 본문에는 "김초엽 작가님의 오랜 팬으로서 사심을 담아 메일 씁니다"라고 적혀 있는 경우다. 나는 궁금해질 것이다. '메일을 저에게 보내시려던 게 맞아요?' 본문 내용을 컨트롤 씨, 브이 한 뒤 섭외 대상의 이름만 바꿔서 발송하는 손길을 쉬이 짐작할 수 있다. 담당자님에게나 나에게나 김초엽 작가님에게나 애석한 일이 반복되지 않으려면, 본문을 복사해서 쓸 때 수신자 이름을 꼼꼼히 바꿨는지 점검해야 한다. 더 나아가서는 정말로 똑같은 본문을 계속 돌려쓸 것인지 고민해보는 게 좋다.

우리에겐 고유한 존재로 대해지고 싶은 욕망이 있다. 언제든 대체 가능한 존재가 되는 걸 반기는 사람은 드물다. 일대일 소통의 경우 수신자의 이름이 달라질 때마다 본문도 조금씩 달라지는 게 좋은 메일이라고 생각한다. 이름은 이름 이상이기 때문이다. 이메일에서 누군가의 이름을 부른다는 건 그의 경력, 업계에서의 역할, 우리가 쌓아온 관계의 맥락, 혹은 앞으로 쌓아가고 싶은 역사를 함께 부르는 것이다. 내 쪽에서 원하는 것이 있어 요청하는 메일이라면 더욱 정확히 그 수신자를 정밀 조준해야 한다. 정밀 조준의 첫번째 스텝이 이름 똑바로 부르기다. 사람의 마음은 호명되는 순간 모종의 책임감을 느끼도록 설계되어 있다. 이름을 부르지 않는 채로 말할 때보다 정확히 호명하며 말할 때 훨씬 높은 확률로 요청이 받아들여질 것이다. 그런 연구 결과가 분명 어딘가에 있을 텐데 갈 길이 멀고 하니 논문을 굳이 찾아보지는 않겠다…… 이미 몸으로 아는 지당한 사실이니까.

문득 나의 모부가 저잣거리에서 장사하던 시절에 수금이 밀려 고생하던 모습이 떠오른다. 동네에서 웅이님은 강단 있는 아빠로, 복희님은 물렁한 엄마로 알려져 있었으나 실상 마음이 훨씬 약한 쪽은 웅이님이었다. 몇 달간 돈을 못 받은 탓에 웅이님이 애간장을 태우며 시름시름 앓던 겨울, 보다 못한 복희님이 직접 나섰다. 응당 줘야 할 돈을 안 주는 거래처 사장(시발놈)에게 찾아간 것이다.

사장은 거드름 피우는 타입의 남자였다. 복희님은 거구의 아저씨 앞에 서서 똑바로 얼굴을 마주한 채 그의 이름을 불렀다.

"황재식 사장님."

한없이 부드러운 목소리에 사장이 당황하는 사이 복희님은 한번 더 반복했다.

"황재식 사장님?"

부드럽지만 확실한 호명이었다. 뭐라도 말해야 할 것 같았던 사장이 이런저런 궁색한 변명을 늘어놓았다. 복희님은 개소리에 휘둘리지 않고서, 해야 할 말은 오직 하나뿐이라는 듯이 힘주어 그의 이름을 또다시 불렀다.

"황재식 사장님!"

그 짧은 시간 동안 사장의 마음에서 어떤 작용이 일어난 것인지는 사장 본인만이 알 것이다. 확실한 건 이름만 세 번 부르고도 복희님이 밀린 돈을 다 받아왔다는 사실이다. 세 번의 호명과 수금. 우리집의 유명한 전설 중 하나다.

이러한 일화에서 알 수 있듯 이름을 부르는 행위엔 상대의 영혼에 종을 울리는 효과가 깃들어 있다. 복희님이 한 일이라고는 상대가 누구인지를 그 자신에게 알려준 것뿐이지만, 그 행위는 마치 깨끗한 거울을 보여줄 때처럼 양심과 책임감, 그리고 되고 싶었던 자기 본모습을 일깨워준다. 그것이 호명의 위력이다.

그래서 나는 복희님을 본받아 메일에 최소 세 번은 상대의 이름을 부르는 습관을 들였다. 제목에 한 번(이은진 본부장님께―〈가녀장의 시대〉 1화 트리트먼트 공유), 첫 문장에 한 번

("안녕하세요, 이은진 본부장님. 좋은 아침입니다"), 마지막 문장에 한 번("늘 감사한 이은진 본부장님께, 사랑과 존경을 담아 이슬아 드림"). 이렇게 쓰는 게 일반적이지만, 많이 중요한 메일이라면 본문 중간에서도 괜히 한번 더 수신자의 이름을 부른다. ("그나저나 이은진 본부장님, 매주 공들여 피드백해주신 덕분에 1화의 전개가 더욱 흥미롭게 달라진 것 같습니다.")

물론 이름도 너무 여러 번 반복해서 부르면 같은 얘기 하고 또 하는 취객처럼 보일 수 있으니 남발하지 않도록 주의하자.

이름 뒤에 직함이 따라오는 상대라면 직함을 똑바로 쓰는 것도 중요하다. '과장님'을 '가장님'으로, '편집자님'을 '편집자니' '편짖자니'로 쓰는 실수 따위 하지 말자는 것이다. (모두 나 자신의 오타들이다.) 직함이 없다면 이름 뒤에 '님'을 붙이는 것이 무난하다. 나는 연령대에 상관없이 '선생님'을 붙이는 걸 선호하는데 재량껏 택하길 바란다. 한편 한국 사회의 어느 구석구석에서는 '이름 호칭+반말'로 이루어진 평어를 실천하는 이들도 생겨나고 있다. 이성민 작가의 책 『말 놓을 용기』에서 자세히 다루는 평어 사용 모험에 나는 관심이 많다. 언젠가는 평어가 디폴트인 세상이 도래할 수도 있겠다. 일단 그게 당장 내 일은 아닌 것 같으니 일단 상대의 이름과 직함을 정중하게 불러보자.

마지막으로 한 가지만 덧붙이겠다.

상대의 이름을 제대로 부르는 것보다 중요한 것은, 내 이름을 제대로 말하는 것이다.

자신의 이름을 제대로 말하지 않는 인구도 공중화장실에서 물을 끝까지 내리지 않는 사람 수만큼이나 흔하다. 앞서 이메일은 익명 뒤에 숨지 않는 글쓰기라고 말했다. 상대의 이름을 똑바로 부를 자격은 내 이름을 똑바로 밝히는 사람에게 주어진다는 걸 강조하고 싶다.

최소한의 자기소개도 없이 냅다 상대에게 바라는 것만 쓰는 이메일은 수신자를 불편하게 한다. 본인의 이름 없이 회사나 소속 단체의 이름만 기재하는 경우도 많은데, 답장하는 사람의 입장에서 곤란한 건 매한가지다. 'LG전자님께'라거나 '아모레퍼시픽님께'라고 쓰기엔 애매하지 않은가. 아무리 큰 조직일지라도 나에게 메일을 직접 쓴 담당자가 있고, 그와 내가 서로의 이름을 인지하고 있어야 일을 하기에 수월하다.

또한 나의 이름과 이메일 계정명이 동일한지 체크하기를 권유한다. 이를테면 "안녕하세요. 저는 모 대행사에서 근무하는 김정아입니다"라고 메일이 왔는데 그의 이메일 계정명이 '붕어빵'일 때, 물론 나는 붕어빵을 너무 좋아하고 지금도 당장 먹고 싶지만 붕어빵 때문에 주의가 흐트러질 수 있다. 김정아라는 모르는 사람과 붕어빵의 연관성을 나도 모르게 짐작하게 되는 것이다. 이분도 붕어빵을 좋아할까…… 꼬리부터 드실까 머리부터 드실까…… 혹시 엄마와 아빠 중 한쪽을 쏙 빼닮아서 붕어빵이라고 지은 것은 아닐까…… 작가나 친구로선 재밌는 질문이지만 업무 메일로 처음 만난 사이에서 상상하기엔 다소 사적일 수 있다. 업무에 불필요한 소개는 가급적 노출하지 않는 게 깔끔하다. 인스타그램이나 트위터 아이디는 얼마든지 이상하게 지어도 좋지만 이메일 계정명은 나의 모든 업무 메일에 늘 붙어다닌다는 사실을 기억하면 좋다.

내 이름을 똑바로 알려줄 것. 그리고 상대의 이름을 똑바로 부를 것. 이게 첫 단추다. 이름을 틀리면 사랑은커녕 싸움조차 성립되지 않는다.

# a 세번째 비기

"내 섭외는
실패로 끝난 적이 없다."

# 인기 많은 사람을
# 어떻게 섭외할 것인가

2020년 여름엔 문득 장기하를 만나고 싶다고 생각했다. 우연히 그의 미공개 산문 원고를 입수하여 읽었기 때문이다. 술상을 두고 나란히 앉아 해 지는 구경이나 하고 싶게 만드는 글이었다. 그러나 나는 장기하와 아무런 연고가 없었다. 아마 우린 좋은 친구가 될 것 같은데 그 사람도 같은 생각일지는 모를 노릇이었다.

 그해는 장기하가 10년간 이끌어온 밴드 '장기하와 얼굴들'을 마무리한 후 책을 쓰며 두문불출하던 시기였다. 그로부터 2년 뒤 전설의 솔로 앨범 〈공중부양〉을 발표하게 되지만 당시로선

음악 활동을 잠시 멈추고 있었다. 세간의 관심으로부터 멀찍이 떨어져 호젓하게 지내고 싶은 사람처럼 보였다.

그런 사람을 어떻게 집밖으로 끌고 나올 것인가?

유재석도 조세호도 만날 수 있는 사람인데 어떻게 굳이 날 만나러 오고 싶게끔 만들까?

나는 여느 때처럼 이메일 창 앞에 앉았다. 당시 쓴 메일의 전문을 살펴보겠다.

제목은 다음과 같다. '차를 부르고 술을 부르는 산문가 장기하님께'. 누구나 알고 있을 뮤지션 장기하 말고 새롭게 나타난 산문가로서의 그를 귀히 여기며 추파를 던지는 제목이다.

안녕하세요, 기하님. 이슬아입니다. 처음 인사드립니다. 즐거운 여름 보내고 계시기를 바랍니다. 지금부터 열렬한 요청 하나를 드릴 테지만, 기하님의 평화로운 일상을 지키는 것보다 중요한 요청은 아닙니다. 살펴보시고 편히 가부를 알려주시면 좋겠습니다.

ㄴ, 첫 문단이 어떠한가? 호감을 표현하면서도 적절한 느긋함이 전해지지 않는가? 내가 먼저가 아니라 당신이 먼저라는 걸 강조한다. 만나달라고 간절히 빌어도 모자랄 판에 왜 이렇게 여유를 부리느냐고? 상대는 장기하다. 셀 수 없이 많은 인터뷰 요청을 받고 각종

기사와 뜬소문에 이골이 날 만큼 연예계를 겪은 이에게는 이런 제안 자체가 또다른 피로일 수 있다. 설득하고 싶은 마음이 간절할수록, 안 사도 되니까 편히 입어보라고 말하는 옷가게 주인처럼 지혜로운 거리감을 두어야 한다.

저는 글을 쓰고 책을 만드는 작가입니다. 〈일간 이슬아〉라는 문학 직거래 프로젝트를 운영하는 대표이기도 합니다. 기하님의 시간을 아끼고자 짧고 굵게 어필하자면 출판계를 통틀어 가장 많은 구독자를 보유한 알짜배기 매체랍니다. 매일 한 편의 글을 써내는 저의 지면에서 특히 인터뷰 코너가 큰 사랑을 받고 있습니다. 흠모하는 저자를 만나 대화하는 방식인데요. 다가올 인터뷰 자리에서는 다른 누구도 아닌 기하님을 주인공으로 모시고 싶습니다.

ㄴ, 나는 두번째 문단에서 본론을 꺼내는 걸 선호한다. 첫 문단은 너무 성급하고 세번째 문단은 너무 늘어지기 때문이다. 자신과 자신이 소속된 매체는 신뢰가 가게끔 말하되, 너무 장황하게 소개하지 않도록 주의한다. 또한 인터뷰이 섭외에서는 '주인공'이라는 말을 꼭 사용하는 편이다. 서로 영향받으며 대화하더라도 정확히 당신을 조명하는 인터뷰어로서의 본분을 잊지 않겠다는 의미다.

그간 워낙 다양한 매체에 등장하셨기 때문에 인터뷰를 피로해하실

까봐 염려가 되어요. 동시에 좋은 대화를 기다려오셨을 거라는 희망도 가지고 있습니다. 제가 언제나 그렇듯이요. 기하님이 쓰신 글에 대해 나누고 싶은 이야기가 많습니다. 기하님의 문장에 흥미와 애정을 품고 있어요. 산문집 저자로서의 기하님을 섬세하게 해석할 기회가 제게 주어진다면 영광일 것입니다.

ㄴ, 인터뷰를 이미 많이 해온 상대에게는 지난 인터뷰들과 겹치지 않는 주제를 제안하는 게 도리다. 인터뷰이가 똑같은 말을 거듭 반복하느라 지치지 않게끔 말이다.


기하님의 산문을 읽고 제가 남긴 메모의 일부입니다.
"그는 산책을 오래 하고 돌아온 사람처럼 글을 쓴다. 읽는 나도 덩달아 한가한 걸음으로 그가 통과한 사람과 풍경을 따라간다. 그러다보면 조금 알 것 같다. 장기하는 어쩌다 이런 장기하가 된 건지. 어쩌다 그런 명반들을 만든 건지. 이번엔 왜 노래가 아닌 글이어야 했는지…… 그의 문장은 슴슴하고 단정하며 이따금씩 애틋하다. 좋은 기억을 가지런히 간직해온 사람의 문장이다."

ㄴ, 이 문단에서는 내가 당신의 작업과 공명하는 독자임을, 당신에 관해 섣불리 옮겨 적지 않는 작가임을 은은히 어필한다. 인터뷰어는 아름답고 믿을 만한 필터를 장착했다는 것을 섭외 메일에서부터 설득할 필요가 있다.

기하님께서 인터뷰를 수락하지 않으시더라도, 기하님의 창작물에 대한 저의 애정은 계속될 것입니다. 만약 수락해주신다면 최선을 다해 좋은 만남을 준비하겠습니다.

ㄴ, 나는 이 내용을 꼭 빼먹지 않는다. '거절당하더라도 난 당신을 계속 좋아하겠다!' 그럼 수락 쪽이든 거절 쪽이든 산뜻하게 기억된다.


인터뷰의 조건은 다음과 같습니다. 살펴봐주세요.


**1. 인터뷰 비용:** 시간과 마음을 내어 이야기를 들려주시는 수고에 감사하며, 작은 사례금을 준비했습니다. 금액은 _원입니다. 인터뷰 당일에 세금 신고를 하며 지급될 예정입니다.

ㄴ, 조만간 자세히 다루겠지만 돈 얘기는 섭외하는 측에서 먼저 정확히 꺼낼수록 좋다. 인터뷰이에게 매체가 돈을 주어야 하는가 아닌가에 대해서는 논쟁이 많지만, 내가 인터뷰어일 때는 반드시 사례금을 지급하는 편이다.


**2. 일정과 장소, 촬영 여부, 소요 시간:** 기하님의 스케줄과 동선에 맞추어 가까운 곳으로 자리를 마련하려고 합니다. 허락하실 경우 사진 촬영도 준비하겠습니다. 탁월한 동료 사진가 류한경이 동행하므로 결과물이 끝장나게 멋있을 것으로 예상됩니다. 업로드할 최종본

은 미리 기하님께 검토를 받은 뒤 오케이하신 컷으로만 고를 것입니다. 인터뷰 시간은 사진 촬영까지 합해서 2시간 30분쯤 소요됩니다.

ㄴ, 위 내용은 인터뷰이에게 미리 전해야 할 필수 정보들이다.


**3. 초안 검토, 최종본 공개 날짜:** 저희의 대화는 〈일간 이슬아〉 2020년 8월호에 이틀간 연재됩니다. 발송 일주일 전에 기하님께 초안을 공유합니다. 혹시 마음에 걸리는 부분이나 첨삭하고 싶으신 부분이 있다면 기하님의 수정 요청을 꼭 반영하겠습니다.

ㄴ, 인터뷰이에게 수정 권한을 주지 않는 경우도 많다. 하지만 나는 인터뷰 역시 협업이라고 생각하기 때문에 반드시 검토를 거친다. 인터뷰어가 아닌 인터뷰이였을 때 나는 아주 이상하게 왜곡된 버전으로 기사화된 경우가 잦았다. 그래서 꼭 역지사지를 하게 된다. 당신이 허락하지 않은 문장은 내보내지 않겠다고 약속한다.


**4. 사전 질문지 전달 여부:** 원하실 경우 인터뷰 이틀 전에 질문지를 보내드립니다. 막상 만나 뵙게 되면 대화의 흐름이 새롭게 생겨나서, 아마도 질문지와 똑같은 흐름으로 진행되지 않을 확률이 높지만 혹시나 미리 체크하시고 싶은 부분이 있을 수 있으니 원한다면 말씀해주세요.

ㄴ 대화 전에 긴장을 많이 하는 인터뷰이의 경우 사전 질문지를 숙지
하고 가는 것을 선호한다. 반대로 "질문지는 필요 없습니다. 만나
서 흐름을 타시죠"라고 대답하는 호쾌한 인터뷰이들도 있다.

**이상입니다. 저는 장문의 이메일을 썼지만 답장은 부디 짧게 해주
세요. 길게 쓰시려면 힘드니까요. 문자나 전화로 간단히 회신 주셔
도 괜찮습니다.**

ㄴ 이런 섭외 메일에 걸맞은 답장을 돌려주려면 얼마나 부담스럽겠는
가? 상대에겐 짧게 답장해달라고 강조해야 한다. 인터뷰어가 상
대적으로 더 많이 일하는 쪽이자 모시는 쪽이다. 잘 모시는 능력에
관해서라면 자긍심이 있다. 타코야끼 트럭 하나를 운영하려고 해
도 모시는 능력 없이는 못 한다. 작가 역시 타인을 모시는 직종이라
고 생각한다.

**이슬아 드림**

ㄴ 이름 아래에 연락처와 지난 인터뷰 내역들을 간단히 동봉하며 보
내면 완성이다.

나는 이렇게 인터뷰 섭외 메일을 쓴다. 보통의 섭외 메일보
다는 길이가 긴 편이다.

사실 보통 신문사의 인터뷰 요청은 이런 식이다.

**제목: □□신문 △△△ 기자입니다.**
본문: 이슬아 작가님께 인터뷰 요청 드립니다. 신작『끝내주는 인생』과 드라마 집필 등에 관해 질문할 예정입니다. 인터뷰 게재 날짜는 8월 6일이므로 가능한 한 일주일 내로 뵈었으면 합니다. 오늘중에 회신 부탁합니다.

딱 네 줄이다. 간결하다. 그가 뭘 원하는지 정확히 알겠다. 하지만 내가 그걸 원하지 않는다는 것도 정확히 알게 된다.

나는 성의 없는 인터뷰 섭외를 거절해서 아낀 시간과 체력으로, 정말 만나고 싶은 이에게 아주 정성 들여 섭외 메일을 쓴다. 내 섭외는 실패로 끝난 적이 없다.

장기하와 나는 그해 여름에 처음 만나 친구가 된다. 같은 소속사에 들어가게 된다. 그리고 결혼식날에 나는 장기하를 향해 부케를 던지게 된다.

여러분 중 시니컬한 자는 이렇게 물을 것이다. 이슬아의 섭외는 메일을 잘 써서가 아니라 이미 알려진 작가이기 때문에 가능했던 것 아니냐고. 만약 무명작가였다면 이메일만으로 섭외를 받아내지는 못했을 거라고.

정말 일리 있는 말이다. 그러므로 다음 장에서는 무명작가일 때, 아니 작가조차도 아닐 때 어떤 이메일을 썼는지 다루겠다.

# 네번째 비기

"가진 것이 별로 없는 자의
이메일"

# 당신을 좋아하다가
# 내 인생이 바뀌어버렸다

가진 것이 별로 없는 자의 이메일을 살펴볼 차례다. 작가가 아니었을 때, 정확히는 성인조차도 아니었을 때, 명성도 없고 돈도 없고 가진 거라곤 드높은 마음뿐이었던 고등학생이 쓴 이메일을 다룰 것이다. 우리 모두 언젠가는 10대였다는 걸 기억하면서.

일주일에 한 번은 고등학생들로부터 메일을 받는다. 간혹 아주 빼어난 장문의 메일을 읽기도 하지만 우선은 아래와 같은 세 가지 유형이 일반적이다.

**안녕하세요 작가님 제 글 평가 부탁드립니다**

저는 □□고등학교 3학년 △△△입니다. 수행평가 중에 저만에 글을 쓰는 활동이 있는데요. 작가님의 책으로부터 영감을 얻어 수필을 썼습니다. 전체적인 소감이나 아쉬운 점 같은 거를 봐주시면 좋겠습니다. 파일 첨부했습니다. 좋은 하루 되세요!!!


**북콘서트 초대**

안녕하세요. 저는 ○○학교 도서부장 ♣♣♣입니다. 작가님의 책이 도서관에서 많은 학생들에게 읽히고 있습니다. 이슬아 작가님을 불러달라는 학생이 속출하는 상황입니다. 날짜는 11월 말에서 12월 초 사이가 가능합니다. 다음주 중으로 정확한 날짜와 비용을 합의해보자는 답장을 주시기를 바랍니다.


**이슬아 작가님께 인터뷰 요청드립니다**

가능한가요?


예민하게 마감을 하다가도 별수없이 깔깔대게 된다. 이토록 심플하고 귀여우며 대단히 미흡한 텍스트라니. 어쨌거나 고마운 일이다. 내 책을 읽어주고 메일도 보내주는 고등학생들이 어딘가에 있다는 건. 나는 고맙다고 혼잣말하며 복희님께 메일을 전달한다. "세 건 다 정중히 거절 부탁드립니다."

시치미 떼고 말하고 싶다. 내가 고등학생일 땐 훨씬 기깔나는 메일을 썼다고. 앞의 사례들과는 비교도 안 되는 명문을 어려서부터 쓸 줄 알았다고. 그렇게 말할 수 있다면 참 좋을 것이다.

하지만 내가 10대 때 쓴 메일도 역시 문제적인 데가 많다. 또래처럼 미흡했다면 차라리 귀엽기라도 했을 텐데, 애매하게 멋을 부리고 그걸 또 장문으로 줄줄 써제껴서 징그럽기까지 하다. 그 징그러운 메일을, 당시 가장 좋아했던 드라마 작가인 노희경 선생님께 보냈다. 물론 지금도 그를 너무 좋아하기에…… 해당 메일은 내게 작은 수치로 남아 있다.

2008년은 한국 드라마 역사에 한 획을 그은 작품 〈그들이 사는 세상〉이 방영된 해다. 이 드라마 때문에 방송국에서 일하기로 결심한 이들이 전국적으로 확산되었을 만큼 근사한 작품이었다. 당시 나는 농촌의 한 기숙사 학교를 다니던 고등학생이었는데, 집으로 돌아오는 주말마다 〈그들이 사는 세상〉 재방송을 꼭꼭 씹어 챙겨보았다. 종영 후에도 몇 번이고 다시 정주행할 정도였다. 주연인 송혜교, 현빈 배우님을 사랑해마지않을 수 없었고 배종옥, 김갑수, 엄기준, 김여진 배우님 등 쟁쟁한

조연들의 서사도 하나하나 주옥같았다. 그러나 내가 그들 중 가장 선망한 대상은 노희경 작가님이었다. 화면에 나오지 않는 사람. 그러나 이 모든 인물을 그려낸 사람.

〈그들이 사는 세상〉을 보고 또 보다가 해가 바뀌고 여름이 되었다. 아무래도 노희경 작가님을 직접 만나야 할 것 같았다. 왜 여름만 되면 용기가 솟구치는 걸까. 아마 그 계절에 태어나서 그럴 것이다. 밥상에서 상추쌈을 우적우적 씹으며 말했다. 도대체 어떻게 노희경 작가님을 찾아야 할지 모르겠다고. 이메일 주소도 전화번호도 알 방도가 없어서 고민이라고. 그러자 나의 아빠 웅이님께서 조그맣게 중얼거렸다.

"……예전에 친구였는데."

나는 아주 큰 소리로 그를 다그쳤다.

"뭐?? 그 얘기를 왜 지금 해?"

웅이님은 대수롭지 않다는 듯 대학교 1학년 때라 너무 오래된 일이라고 대답했다.

"친했어???"

내가 다급히 묻자 그는 자신 없는 목소리로 자문했다.

"친했나……"

"그분은 대학 때 어땠어? 뭐 입고 다니셨어?? 학식 같은 것도 드셨어???"

웅이님의 목소리가 점점 작아졌다.

"아주 말랐고…… 담배를 많이 피웠어……"

그건 대학 동창이 아닌 나도 이미 아는 사실이었다. 네이버에 검색만 해도 나오는 정보였다.

"전화번호도 몰라?? 이메일 주소는???"

따지듯 묻자 웅이님의 표정이 송구스러워졌다. 역시 그닥 친하지는 않았던 것이다. 웅이님은 단지 책 읽기를 좋아하여 문예창작과에 입학했으나 오래 다니지 못하고 중퇴한 청년이었다. 일찍 군대에 가고 복희님을 만나고 아빠가 되고 돈을 벌고 나와 동생을 키우느라 그랬을 것이다. 그러느라 노희경 작가님을 눈앞에 두고도 번호 물어볼 생각은 못 했을 것이다. 캠퍼스를 조용히 겉돌았을 어린 부친의 모습이 쉬이 그려졌다.

"아마도 날 기억하진 못할 거야……"

소심하게 말끝을 흐리는 그였다.


나의 아빠는 도움이 안 된다는 걸 확인하자마자 다른 아빠가 생각났다. 누구냐 하면 전 남자친구의 아빠였다. 전남친과는 서먹하게 헤어졌지만 그의 아빠가 신문기자로 오래 일해왔다는 사실이 떠올랐다. 교무실로 가서 담임선생님께 전남친부친의 연락처를 물었다. 진로가 걸린 일이라고 비장하게 부탁하자 선생님은 학부형의 번호를 조심스레 전해주셨다. 주말에 핸드폰을 돌려받자마자 전화를 걸었다. "아저씨, 안녕하세요. 저 슬아인데 혹시 노희경 작가님 이메일 주소 아시나요?"로 요약되는 통화를 했다. 전남친부친께서는 아주 친절하게 안타까워하며 노희경 작가님과 인연이 없다는 대답을 들려주었다. 그저 노희경 작가님과 친한 지인의 지인을 알고 계신댔다. 지인의 지인의 지인…… 세 다리나 건너야 한다니 무용한 친분처럼 보였다. 다음날 전남친부친으로부터 메일이 왔다.

노작가는 인터뷰하자는 기자들과 책 내자는 출판인들을 기피하기로 유명하다더구나. 자신이 말해야 할 모든 것은 드라마로 말하겠다며. (…) 몸이 좋지 않은데다 곧 새로운 작품의 집필을 시작할 예정이라 사람 만나기를 피하고 있다고 하는구나.

낙관하기 어려운 코멘트 뒤엔 그러나, 이메일 주소 하나가 적혀 있었다. 그가 지인의 지인을 통해 알아낸 노희경 작가님의 이메일 주소였다. 마음 써주신 전남친부친께 새삼 허리 숙여 감사드리고 싶다. (물론 전남친에게도 감사하다. 내가 많이 좋아했었다……) 선망하는 작가에게 직접 쓰는 이메일. 이제는 모든 게 그 이메일 한 통에 달려 있었다.

그걸 보낸 지도 벌써 16년이 지났다. 다시 복기할 일이 없었는데 최근 들어 무언가가 자꾸 그 메일을 떠올리게 한다. 고등학생들의 이메일 속 행간을 읽으며 웃다가, 드라마를 쓰면서 울다가, 문득 생각하는 것이다. '나 언젠가 상당히 오글거리는 메일 썼던 것 같은데……' 무엇보다『인생을 바꾸는 이메일 쓰기』라는 말도 안 되게 자신만만한 책을 집필하고 있자니 피할 수 없다는 느낌이 든다. 그 메일을 다시 읽어볼 때가 된 것이다.

조금이라도 윤문한 채로 도마 위에 올릴까 심히 갈등했다. 그러나 진정성을 위하여 토씨 하나 고치지 않고 원문 그대로 올리겠다. 좋은 쪽으로든 나쁜 쪽으로든 학습 효과가 있을 것이다. 열여덟 살의 뜨거운 섭외 메일을 읽어보자. 서른네 살의 사무치는 코멘트와 함께……

### 2009년 9월 8일. 노희경 작가님께

안녕하세요. 노희경 작가님. 제 이름은 '이슬아'입니다. 경기도 남양주시에 살고요, 대안학교에 다니고 있는 고등학생입니다.

ㄴ 쓸데없이 본인 이름에 작은따옴표 붙이지 말길……

학생인 제가 작가님의 이메일 주소를 알게 되기까지는, 적지 않은 시간과 노력이 필요했습니다. 저의 인맥을 총동원해야 했지요. 18년을 살면서 누군가의 이메일 주소를 알기 위해 이렇게 많은 사람에게 연락과 부탁을 해본 적은 처음이었습니다. 그만큼 제가 작가님께 너무나도 편지를 쓰고 싶었다는 점, 알아주셨으면 좋겠습니다.

ㄴ 초장부터 상당히 생색을 내고 있다. 본인 사정을 담백하게 쳐내라고 권유하고 싶다.


바쁘실 작가님이 제 이메일을 어떤 마음으로 읽어주실지 잘 모르겠지만, 저의 간절함과 정성이 전달되리라는 희망을 가지고 설레는 마음으로 글을 씁니다. 작가님을 알게 된 건 〈그들이 사는 세상〉을 통해서였습니다. 드라마를 보면서 '이 드라마, 작가가 누굴까?' 하는 궁금함이 생긴 적은 처음이었습니다.

ㄴ 정말 외람되지만 영화 〈타짜〉의 대사인 '저 남자…… 침대에선 어떨까?'가 먼저 떠오르기에 고치는 게 좋겠다.


그러면서 '노희경'이라는 이름을 알게 되었고, 작가님의 다른 작품들도 찾아보게 되었습니다. 그 드라마들로부터, 가슴이 따뜻하게 채워지는 느낌을 받았습니다. 주옥같은 대사와 내레이션을 수첩에 옮겨 적으며, 시 읽을 때처럼 몇 번이고 곱씹어보기도 했습니다.

ㄴ 문장들이 너무 평범해서 안타깝지만 당시의 최선이었던 것 같아서 그냥 넘어가겠다……

집필하신 에세이집 『지금 사랑하지 않는 자, 모두 유죄』를 통해 작가님의 삶에 대해서도 조금 알 수 있었습니다. 에세이집을 읽는 내내, 저는 작가님의 조카들이 참 부러웠습니다. 나도 저런 이모랑 한집에 살면, 참 좋겠다 싶었죠.

ㄴ, 갑자기 동거 희망……? 과하다…… 그로서는 나랑 한집 살아줄 이유가 전혀 없음을 자각하길 바란다……


그렇게 작가님에 대한 막연한 궁금증과 동경을 품기 시작했고, 그 마음은 작가님을 직접 만나보고 싶다는 욕심으로 쑥쑥 자라났습니다. 드라마를 통해서도, 책을 통해서도 작가님의 모습을 볼 수 있지만 직접 더 많은 이야기를 듣고 싶어졌습니다. 제가 고민하는 이런 저런 문제들에 대해 묻고 싶기도 했습니다. 삶과 인간에 대한 통찰과 주옥같은 대사들은 어디로부터 나오는 건지, 어떻게 인생 경험을 드라마로 변환시키는 건지, 작가의 삶은 어떤 건지……

ㄴ, 묻기는 쉽고 답하기는 어려운 질문뿐이로구나…… 현재의 내가 가장 기피하는 질문을 과거의 내가 하고 있는 걸 보니 말리고 싶다.


여러 질문들을 하고 싶은 마음도 있지만, 사실 그런 것들보다 더 강한 건 **그냥, 작가님과 밥 한 끼를 같이 먹고 싶은 마음**입니다.

ㄴ, 얼마나 원하면 갑자기 볼드체를……

밥이던, 찌개이던, 떡볶이이던 간에, 작가님과 마주앉아서 맛있는 음식을 먹으며 대화하고픈 마음이 너무나도 간절합니다.

    ↳ '던'을 '든'으로 고쳐야 할 텐데…… 본인이 12첩 반상을 친히 차려
       드려도 모자랄 판에 매우 소박한 메뉴들을 대충 던지는 순진함이
       걱정스럽다.

조만간 저를 위해 시간을 내주셨으면 좋겠다는 조심스러운 제안과 부탁을 드리는 것입니다.

    ↳ 다시 쓴다면 제안만 남길 것이다. 부탁은 작가님께 짐을 지워주는
       일이니까.

생각해봤습니다. 저는 작가님을 만나고 싶은 이유가 너무나도 확실하고 간절한데 작가님 입장에서는 저를 만나야 할 이유가 뭐가 있을까.

    ↳ 정말 잘 생각했다. 그 생각을 반드시 해봐야 한다!

공식적인 인터뷰도 아니고, 취재나 출판 제안도 아니고, 집필에 관한 회의도 아니고, 오랜만에 만나는 반가운 친구도 아니고, 어른도 아니고 애도 아닌 열여덟 살의 어떤 여자애와의 만남…… 집필에 집중하며 힘을 쏟고 계실 작가님이 시간을 낼 만한 이유가 없지 않

나?

ㄴ 구구절절 맞는 말이다.


그렇지만 제가 만약 작가님이었다면 어떤 여자애의 이런 생뚱맞은

제안이 조금은 즐거울 것 같습니다.

ㄴ ……갑자기 무슨 자신감인지?


노희경 작가님을 좋아하는 수많은 팬들이 있지만, 그중에서도 말랑

말랑한 감성을 가진 소녀가 나를 너무너무 만나고 싶어한다는 게,

귀찮지만 고민해볼 만한 일이 될 것 같습니다.

ㄴ 하…… 자기 자신을 '말랑말랑한 감성을 가진 소녀'라고 표현했다

니 믿을 수 없다…… 진짜 열받는다, 과거의 나…… 정신 차려! 정

신 차리라고!


혹시 서울예대 문예창작과 동기 중에 '이상웅'이라는 남자를 기억

하시는지요?

ㄴ 와…… 여기서 갑자기 아빠 찬스를 꺼낸다고? 아빠랑 친하지도 않

았다는데…… 기억도 못 할 거라는데……


왜소한 체격에 잠자리 안경을 쓰고 다니던……

ㄴ, 기억 못 할까봐 친히 외모를 묘사해준 점이 웃기다. 본인 태어나기 전인데 마치 본 적이라도 있다는 듯……

**대학 때 작가님을 비롯한 몇 명의 친구들과 줄담배를 피우던 그 남자는**

ㄴ, 담배 몇 번 같이 피운 사이를 굉장히 애틋한 우정인 양 강조하고 있다.

**20년이 흐른 지금, 예쁜 아내와 결혼해 아들딸 낳고 투잡 뛰면서 잘 살고 있답니다.**

ㄴ, 묻지도 않은 엄마 외모는 왜 언급하는데.

**저는 그 남자의 친구 같은 딸이고요. 언젠가 제가 눈을 반짝반짝 빛 내며 작가님의 드라마에 대한 감탄을 늘어놓자**

ㄴ, 눈을 반짝반짝 빛내기는 개뿔, 상추쌈 우물거리면서 다그치고 있었잖아……

**아빠가 말했었지요. 작가님과 대학 동기였다고. 그때부터 정말 비범한 인물이었다고.**

ㄴ, 약았다……! 이렇게 하면 노희경 작가님의 선의가 자극될 수밖에 없

음을 아는 것이다. 이상웅이가 누구였더라 가물가물한 사람일지라
도, 자신을 선명히 기억한다는 동기의 딸이 자라 이런 말을 하며 나
타난다면 일단은 반겨주고 싶은 게 사람 마음이지 않겠는가? 그 마
음의 작용을 적극적으로 이용한다는 점에서 영리하고 좀 징그럽다.

**그토록 꿈꾸던 노희경 작가님께 이메일을 쓴다는 생각에 횡설수설
늘어놓았지만, 저의 간절함은 전해졌으리라 믿고요, 정말로 작가님
을 만나게 된다면 참 기쁠 것 같습니다.**
ㄴ, 간절함은 정말이지 대단하게 전해졌다······

**작가님의 답변 기다리겠습니다. 제가 주중에는 핸드폰 사용이 어려
우니 이메일을 주시면 더 좋을 것 같습니다.**
ㄴ, 기숙사에서 핸드폰을 압수당하던 고등학생 신분이여······

**건강하시고, 행복하세요. 2009년 9월 8일 이슬아 드림**

나는 어떤 고등학생의 미흡한 편지보다도 이 이메일이 가장
읽기 괴롭다. 누구나 자기 자신을 제일 못 견디기 마련이다.
그럼에도 꼭 소개하고 싶었다.
답장이 왔기 때문에.

**2009년 9월 9일**

**노희경**

(…) 편지 즐겁게 봤습니다. 내가 요즘 이러저러한 일로 많이 바쁘지만, 짧게라도 슬아를 봐야겠다 싶네. (…)

그 문장을 읽고선 기숙사 천장으로 승천할 뻔했다. 심장이 터질 것 같았다.

며칠 뒤에 우리는 서울의 한 카페에서 마주앉았다. 그날의 이야기를 어찌 다 옮기겠냐마는 한순간만은 선명히 전하고 싶다. 헤어질 무렵에 노희경 작가님이 내게 물었다.

"정말 하고 싶어?"

생략된 목적어는 물론 작가일 것이었다. 나는 고개를 세차게 끄덕였다.

"네!"

그는 미소 지으며, 특유의 허스키한 목소리로 말했다.

"많이 힘든데……"

나는 그래도 꼭 하고 싶다고 대답했다. 그의 나이 마흔셋, 내 나이 열여덟 살 때의 일이다. 뭘 모르고 하는 대답이었다. 그게 어느 정도의 힘듦을 말하는 것이었는지 이제야 알겠다. 어떤 과장도 없이, 걍 ×발 ×나 힘들다는 뜻이었다……

또한 지금은 안다. 그를 찾는 사람이 나 말고도 얼마나 많았을지. 집필과 돌봄과 생계로 분주한 틈바구니에서 나의 이메일이 얼마나 한가한 제안이었을지. 그럼에도 함께 차를 마셔준 게 얼마큼의 너그러움이었는지. 얼굴도 잘 기억나지 않는 대학 동기를 무안하게 만들지 않기 위해 내가 내민 손을 얼마나 따뜻하게 잡아준 것인지.

그후로도 작가님은 〈디어 마이 프렌즈〉〈괜찮아, 사랑이야〉〈우리들의 블루스〉 등 여러 편의 수작을 완성하셨다. 나는 한참을 종이책 작가로 일하다가 마치 이것만을 바라온 사람처럼 드라마를 쓰고 있다. 이제 겨우 첫 드라마다. 나에게 두번째 기회가 주어질지는 모른다. 첫번째도 아직 완성되지 않았으니까. 단지 노희경 작가님이 아시게 된다면 좋겠다. 당신을 좋아하다가 내 인생이 바뀌었다는 걸. 그건 당신 때문에 내 인생이 바뀌었다는 말과는 다르다. 그해 여름 나는 당신에게 열광하다가, 급기야 말을 걸다가, 이메일 주소를 수소문하다가, 말을 고르고 또 고르고 지우고 새로 쓰다가, 답장을 기다리다가 조금 다른 사람이 되었다. 내가 얼마나 당신 쪽에 가까워지고 싶은지 온몸으로 알아버렸기 때문이다. 왜 그렇게까지 하고 싶은 건지 잘 알지도 못하면서 그리로 향하는 과정이었다. 당신이 응답해주기 전에도 그 변화는 이미 일어났다.

모두 이메일로 겪은 변화다. 일기를 쓰다가 작가가 된 줄 알았는데 아니었다. 나는 이메일을 쓰다가 작가가 되었다.

*a* **다섯번째 비기**

"미지근한 상대의 가슴에 투명하고도
뜨끈한 펀치를 꽂을 줄 알아야 한다."

# 한끗이 다른
# 비장의 제목

악수의 역사는 천 년이 넘었다. 네발로 걷다가 두 발로 걷기 시작해 자유로워진 두 손으로 문명을 이룩한 인간들이, 자기 손에 무기가 없다는 걸 상대에게 손수 보여주다가 고안된 행위로 알려져 있다. 요지경 세상사에 혀를 내두르다가도 악수를 생각할 때면 어쩐지 인류를 조금 더 좋아하게 된다. 반가움과 악의 없음, 그리고 곧 시작될 만남에 대한 자신감을 드러내는 손짓이므로 중요한 자리에서 나는 꼭 악수를 먼저 건네곤 한다. 그런데 이메일에선 악수를 할 수 없지 않은가? 의심하지 않아도 될 만한 사람임을 어떻게 보여줄 수 있을까?

바로, 제목이라는 형식이 있다. 제목을 잘 쓰면 멋진 악수를 건넸을 때처럼 부드럽게 만남이 시작된다. 남의 손 좀 잡아본 사람은 알 것이다. 악수만 해봐도 상대의 기운이 느껴진다. 손의 온도와 습도는 물론이고 나에게 얼마나 기꺼운 사람인지, 자신감이 충만한지 아닌지, 지나치게 힘자랑하려고 하지는 않는지, 악수를 안 해봐서 마냥 어색해하는지 어느 정도 드러날 수밖에 없다. 이메일에서는 제목이 그 역할을 한다. 화면 너머의 누군가가 우리의 제목을 읽은 뒤 어떠한 첫인상을 느끼며 이메일을 클릭할 것이다.

우선 누가 봐도 따라 하고 싶지는 않은 제목들을 살펴보도록 하자. 지양해야 할 몇 가지 첫인상들이다.

### 1. 냅다 용건 갈기기

**헤엄 출판사 책 192쪽에 오타 고치세요.**

ㄴ 초면인데 제목에 용건부터 갈기는 발신자도 많다. 주로 컴플레인을 걸 때 그러한데, 아무리 정당한 건의 사항일지라도 이렇게 수직적으로 무례하게 쓰면 담당자의 기분이 상하지 않을 도리가 없다.

## 2. 대뜸 소개

**김철수입니다.**

ㄴ 자신의 이름을 똑바로 말한 건 좋지만 이게 제목의 전부라면 잠깐 '어쩌라고'라는 생각이 들 수 있다. 처리해야 할 이메일의 양이 많은 상대에게 보낼 때는 본인 소개뿐 아니라 발신의 목적을 정중하고 간략하게 포함한 제목을 써주면 도움이 된다.

## 3. 첫 문장을 그냥 제목에 쓰는 경우

**안녕하세요 김철수입니다. 제가 책을 읽다가 궁금한 게 생겼는데 그게 뭐냐면**

ㄴ 이런 메일은 본문에서 두번째 문장이 이어진다. 그러나 제목란은 본문란이 아니다. 제목은 제목답게 쓰고, 첫 문장은 본문란에서 시작하자.

## 4. 비굴형

**작가 지망생입니다. 제발 읽어주세요……**

ㄴ 지망생 중 첫 메일을 이렇게 쓰는 경우가 생각보다 많다. '제발'은 정말이지 아껴 써야 할 부사라고 느낀다. 제목에서 웬만하면 비굴해지지 말자.

### 5. 컨트롤 C+V형

∟ 여러 사람에게 돌리는 동일한 내용의 제목을, 상대의 이름만 바꿔
가며 쓸 경우 확실히 매력이 줄어든다. 상대를 원 오브 뎀으로 느끼
게 하기 때문이다.


나는 이 사례를 반면교사 삼아 얼마든지 안전한 제목들을
소개할 수도 있다. 복싱장 등록 첫 주 차에 줄넘기만 반복하듯
기본부터 차근차근 다져나갈 수도 있다.

하지만 그렇게 하지 않을 것이다. 우리의 약속을 벌써 잊었
는가?

우리는 이메일로 인생을 바꾸기로 했다. 상사에게 혼나지
않는 이메일이랄지 무난한 이메일 정도에 만족하지 않고, 무
려 이메일로 팔자를 고치겠다고 했다. 그러려면 한 방이 있어
야 한다. 미지근한 상대의 가슴에 투명하고도 뜨끈한 펀치를
꽂을 줄 알아야 한다. 그런 연유로 제목의 기본기는 딱 두 줄로
만 갈무리하겠다.


1. 정중하되 비굴하지 않을 것.

2. 일목요연하되 무례하지 않을 것.

이 정도만 잘 지켜도 어느 일터에서든 타박받지 않을 수 있다. 극도로 간결한 사무 메일만 주고받기에도 바쁜 현대사회다. 나 역시 때때로 그렇게 일한다.

그러나 기억하자. 누구의 삶에든 중대한 이메일을 써야 하는 날이 한 번은 오기 마련이다. 아무리 간결하게 일하는 사람조차도 말이다. 그날을 위해 특별한 제목 쓰기 기술을 하나쯤은 익혀두는 게 좋다. 내가 오랫동안 애용해온 비장의 제목 기술을 전수하겠다.

반드시 설득하고 싶은 상대가 있는가? 그렇다면 '특별 호명술'을 쓰도록 하자.

## ✓특별 호명술

'수식어+이름'으로 이루어진 제목의 한 기술.

호명의 중요성에 관해서는 앞서 다뤘다. 그러나 이름을 부르는 것만으론 충분하지 않다. 이름이야 누구나 부를 수 있지 않은가. 다른 사람이 하지 않는 짓을 추가해야 한다. 사랑의 백미는 편애다. 법과 제도는 평등해야 하나 우리 개개인에겐 세상 모두를 똑같이 좋아해야 할 의무 같은 건 없다. 누군가를 좀 더 치우치게 좋아해도 된다.

'치우치다'라는 동사는 주로 부정적인 맥락에서 쓰이지만 사랑이야말로 이 동사를 빼놓고는 설명하기가 어렵다. 나는 여러분이 살맛나는 사랑을 받아보았을 거라고 짐작한다. 당신을 살맛나게 한 그 사랑은 필시 당신 쪽으로 치우친 마음이었을 것이다. 누군가가 균형을 잃을 것을 감수하면서도 기꺼이 당신에게 마음을 기울이는 것. 그토록 달콤하기도 한 것이 바로 편애이고, 편애의 뛰어난 방식 중 하나가 바로 '특별 호명술'이다.

방법은 간단하다. 상대의 이름 앞에 그를 특별하게 수식하는 말을 더하면 된다.

## 한국 퀴어 역사에 한 획을 그은 김규진님께

누군지 몰라도 대단해 보이지 않는가? 물론 김규진은 실제로 대단한 인물이 맞다. 도대체가 아직까지도 동성혼이 법제화되지 않은 이 나라에서 여자랑 공개 결혼식을 올린 레즈비언이다. 국내 최초로 아이 출산을 공개한 동성 부부이기도 하다. 퀴어 역사뿐 아니라 가족제도의 현재와 미래를 논할 때 괄목할 만한 인물이다.

동시에 그는 무척 분주한 회사원이다. 하루에도 수십 통의 업무 메일에 답장해야 한다. 나의 섭외 요청을 반드시 긍정적으로 검토해야 할 이유가 그에겐 없다. 섭외를 제안하는 사람도 한둘이 아닐 것이다. 그치만 제목이 이렇다면? 김규진이 피도 눈물도 없는 사람이 아닌 이상 조금은 움찔하게 되어 있다. 누가 나보고 역사에 한 획을 그었다는데, 아유 참나 호들갑이 심하시네 싶으면서도, 왠지 한번 그 사람의 눈으로 나를 보고 싶은 마음이 고개를 들게 된다. 이제 조금 더 보충해보자. 그가 내 메일의 골자를 한눈에 파악할 수 있게끔 말이다.

**[일간 이슬아] 한국 퀴어 역사에 한 획을 그은 김규진님께—인터뷰 요청드립니다.**

'내 소개+수식어+상대 이름+상대를 부르는 목적', 한데 모이니 더욱 손색없는 제목이 되었다. 각종 업무로 정신없을 그의 메일함 속에서도 내 메일의 핵심은 현현할 것이다.

수식어는 얼마든지 변주 가능하다. '걸어다니는 인권 그 자체이신 김규진님께'라거나 '교과서에 반드시 실려야 할 위인 김규진님께' 등으로 바꾸어도 좋다. 중요한 건 발신자의 호들갑이 적당해야 한다는 것이다. 너무 지나친 수식어를 붙이면 설득력이 떨어진다. 물론 내 호들갑도 지나치긴 하다. 그러나 김규진이 실제로 역사를 진일보시켰다는 점에서 근거 있는 호들갑에 해당된다.

다음 케이스로 넘어가겠다.

### 제 책을 중쇄 찍게 만들어주신 김도윤 마케터님께

어떠한가? 제목부터 이미 황송하지 않은가? 출판계에서 중쇄만큼 반가운 단어가 또 없을 텐데, 그 좋은 걸 하게 만들어준 분이라고 수식하였다. 이 제목의 특징은 상호적으로 고마운 사이라는 걸 일깨운다는 점이다. 메일을 쓰는 작가로서는 마케터의 존재 자체가 고맙고, 그걸 읽는 마케터로서는 자신의 공을 정확히 알아주는 작가가 고마울 것이다.

출판 마케터는 보통 눈에 띄지 않는 곳에서 움직인다. 책이 잘나갈 때 스포트라이트를 받는 것은 작가다. 그러나 책 뒤에서는 다양한 동료들이 작가만큼이나 전력을 다하고 있다. 마케터는 그중에서도 결정적인 역할이고 이들 없이는 결코 출판계가 굴러가지 않는다. 작가와 편집자가 책을 완성하기까지 똘똘 뭉쳐 고군분투한다면, 출간 이후에 발로 뛰며 가장 열심히 일하는 사람은 마케터다. 그러므로 창작자라면 마케터로부터 마음을 얻기 위해 애써야 한다. 마케터의 사랑을 받는 책은 한 권이라도 더 팔리게 되어 있다. 물론 중쇄가 오로지 마케터의 공로 때문이라고 하기엔 무리가 있을 것이다. 그래도 마케터 없이는 어렵다는 점은 분명하다. 그런 상대에게는 틈날 때마다 감사 인사를 힘주어 하는 게 좋다. 어떤 관계에서든 서로를 당연하게 여기는 것만큼 위험한 게 없으니까.

그런데 만약 책이 중쇄를 찍지 않았다면 어떤 제목을 써야 할까? 중쇄를 안 찍었으니 고마울 이유가 없는 것일까? 그렇지 않다. 우리는 경사가 없을 때도 경사를 추구하는 제목을 얼마든지 쓸 수 있다. 또다른 예시를 보자.

**중쇄를 향해 애써주시는 최고의 마케터 김도윤 부장님께―굿즈 아이디어 공유 드립니다.**

비록 중쇄는 안 찍었지만 기분이 좋아진다. 왠지 곧 찍게 될 것 같은 예감마저 든다. 그냥 '김도윤 부장님께'라고 쓰거나, 간단히 '굿즈 제안 드립니다'라고 쓰는 것보다도 훨씬 나은 제목이다. 당신이 김도윤 부장님이라고 상상해보라. 가능하면 안 되는 쪽이 아니라 되는 쪽으로 대답해주고 싶어지지 않겠는가? 어떤 굿즈든 간에 같이 잘해보고 싶어지지 않겠는가?

한편 특별하게 수식한다고 해서 꼭 상대의 장점을 꾸며내거나 과장할 필요는 없다. 때로는 그렇게까지 존경하지 않는 사람을 기분좋게 설득해야 할 때도 있지 않나. 그럴수록 작은 디테일에 주목하며 제목을 쓰면 좋다. 대단한 장점 말고, 사소하지만 호감이 드는 습성 말이다.

**시리에게도 늘 존댓말로 말씀하시는 김창훈 교수님께—기말 과제 제출합니다.**

**와이파이 비밀번호를 공유해주신 다정한 박해원 대리님께—견적서 문의드립니다.**

**모두가 지나친 오탈자를 찾아내시는 레전드 편집자 해인님께—카드뉴스 시안 공유해드립니다.**

업무 관련 메일이지만 어쩐지 좋은 사람이 되고 싶어지는 제목들이다. 이렇게 쓰면 너무 호불호를 타지 않느냐고? 물론 그럴 수 있다. 누군가는 당신을 좋아하고 누군가는 싫어할 것이다. 하지만 그건 특별 호명술을 쓰지 않아도 마찬가지 아닌가? 어차피 누군가는 우리를 좋아하거나 싫어한다. 단지 특별 호명술을 쓰면 이메일함이 재밌어진다는 점만은 분명하다. 또한 나라는 발신자를 웬만해선 잊어버리기가 어렵게 된다. 업무를 산만하게 하지 않는 선에서 적절히 기술을 써보자.

　단, 잊지 말아야 할 주의사항이 있다. 나를 강조하는 게 아니라 상대를 드높이는 게 포인트다.

　두 제목을 비교해보라.


**동트기 전 맑은 마음으로 쓴 원고를 편집자님께 보냅니다.**

**vs.**

**동트기 전 맑은 마음으로 교정을 보고 계실 편집자님께**


　차이를 알겠는가? 전자는 발신자를 수식하는 제목이고 후자는 수신자를 수식하는 제목이다. 전자도 언뜻 미문처럼 보이지만 실은 자기 자신만을 뽐내고 있다. 그러나 후자는 상대의 하루를 익히 알고 헤아린 자만이 쓸 수 있는 제목이다. 자신의 편집자가 깜깜한 새벽 일찍 일어나 원고를 보는 사람이라는 걸, 기상 직후 불순물이 없는 정신과 마음을 원고를 읽는 데에 쓰는 아름다운 사람이라는 걸 모르면 후자의 제목은 못 쓴다.

　이제 눈치챘을 것이다. 좋은 제목을 쓰려면 역시 읽는 자를 좀 좋아해야 한다는 사실을. 수신자를 알려고 노력하는 게 먼저다. 상대의 빛나는 면을 관찰하는 동안, 그에게 받은 아무리 작은 것도 허투루 지나치지 않고 기억하는 동안, 한끗이 다른 제목은 이미 쓰이고 있다. 내가 아닌 상대에게 쏠 때만 그 진가를 발휘하는 특별 호명술의 본질을 잊지 말도록 하자.

# *a* 여섯번째 비기

"내마금지 內磨金支"

# 돈 얘기를
# 언제 꺼낼 것인가

나는 화가 적은 편이다. 화 때문에 일을 그르친 적도 없고 화 덕분에 멋진 추동력을 발휘해본 적도 없어서, 아주 가끔은 콤 플렉스로 느끼고 대체로는 그냥 평안하게 지낼 만큼 분노가 익숙지 않다. 허나 이런 나조차도 가끔은 아주 그냥 울화통이 터질 때가 있다. 그게 언제냐면 '돈 얘기가 적혀 있지 않은 섭 외 메일을 받았을 때'다.

프리랜서로 일해온 지 12년 차. 돈 얘기를 흐지부지하는 사 람들을 얼마나 많이 상대해야 했던가. 그들만 한데 모아도 장 충체육관을 거뜬히 채울 수 있을 것이다. 하지만 내가 누구인

가. 「상인들」로 데뷔한 작가 아닌가. 「상인들」의 주인공은 자동차 부속품을 거래하는 장사꾼 집안에서 태어난 뒤 무럭무럭 자라 누드모델로 활동한다. 시간과 몸을 돈으로 맞바꾸는 스무 살의 삶을 다루는 소설이다. 실제로 나는 기름때 낀 상인들의 골목에서 왔다. 4천 원을 받다가 3만 원을 받기 위해서라면 무엇을 감당해야 하는지 몸으로 아는 시급의 세계에서 왔다. 노동자들을 보고 자랐으며 앞으로도 그럴 예정이다. 우리는 노동의 대가를 모르는 채로 일하지 않는다.

첫 책을 출간한 2018년부터 신문과 단행본 등 여러 지면에 소리 높여 강조했다. 글쓰기도 노동이니 작가에게 일을 의뢰할 땐 꼭 정확한 금액을 명시하자고. 지루할 정도로 당연한 소리다. 그러나 2025년 3월인 오늘만 해도 돈 얘기가 없는 섭외 메일을 세 통이나 받았다. 아직도 갈 길이 먼 것이다.

전국의 프리랜서들이여, 주목하자. 직장인들과 클라이언트들도 주목하자. 이중 하나가 될 가능성이 높은 학생들도 주목하자. 결국 다들 주목하라는 말이다. 그만큼 중요한 것이 돈 얘기니까. 돈 얘기는 빠르고 정확할수록 좋다.


살면서 한 번쯤은 누군가를 섭외하여 일을 의뢰할 상황이 온다. 당신이 의뢰인이라면 첫번째 섭외 메일에서 돈 얘기를 해야 한다. 너무 중요하기에 다시 한번 반복하겠다. 돈 얘기는 반드시, 첫번째 섭외 메일에서 해야 한다. 두번째나 세번째는 안 된다. 돈 얘기가 시작되어야 하는 장소는 첫번째 메일이다.

좋은 이메일의 미덕은 '습관적인 역지사지'라고 강조했다. 의뢰를 받는 입장이라고 생각하고 읽어보자.

**〔△△△센터〕 이슬아 작가님께 강연 요청드립니다.**
안녕하세요. △△△센터 담당자 □□□입니다. 애독자로서 메일 드립니다. 최근 ××시가 운영하는 독서모임에서 이슬아 작가님의 『날씨와 얼굴』을 읽고 토론을 하였습니다. 뜨거운 열기로 가득했던 자리라 아직도 여운이 깊습니다. 이 모임에 직접 오셔서 강연을 해주신다면 ××시 시민분들께 잊지 못할 뜻깊은 시간이 될 것 같습니다. 수락할 의사가 있으신지 알려주세요. 자세한 내용은 이후에 상의드리겠습니다. 작가님의 말과 글을 참 좋아하는 □□□ 올림.

애정이 느껴지는 문장들이다. 그러나 아무리 미문을 쓴다 한들 섭외료를 알려주지 않으면 수신자로선 곤란하다. 강연료는 얼마일까? 아니 애초에 강연료가 있기는 있을까? 가장 중요한 정보 중 하나가 누락되어 있는 셈이다. ××시라면 KTX로 다녀와도 왕복 다섯 시간이 걸릴 테고 강연과 이동을 마치고 나면 그날 하루는 드라마 집필도 못 하고 일간 연재 글도 못 쓰고 헬스장도 못 갈 텐데, 과연 맞바꿀 만한 가치일까?

물론 담당자님께서는 상대가 수락한 뒤에 돈 얘기를 논의하려고 했을 수도 있다. 하지만 잊지 말자. 섭외 조건을 모르는 이상 수락도 거절도 하기 어렵다는 것을. 처음부터 상의해야 할 자세한 이야기가 바로 돈 얘기다. 적혀 있지 않으면 내 쪽에서 귀찮음을 꾹 참고 물어보게 된다. 오만하지도 비굴하지도 않은 태도를 견지하며 "강연료는 얼마일까요?"라고 묻는 글자 노동을 군이 추가해야 한다. 이런 수고를 하게 만든 이상 이미 한 번은 실패한 섭외다. '그래서 저에게 얼마를 주실 건가요?'로 요약되는 답장을 쓰는 것은 꽤 번거롭고 까다로운 일이기 때문이다. 꼭 섭외하고 싶은 사람이 있다면, 상대가 첫 메일에서 한눈에 섭외 조건을 파악할 수 있도록 돈 얘기를 명시해야 한다.

## 1. 섭외료가 충분한 경우

자신 있게 금액을 쓰면 된다.

## 2. 섭외료가 충분하지 않은 경우

그렇다 할지라도 금액을 쓰자. 섭외료가 없다면 없다고 쓰

자. 금액이 많든 적든 간에 상대는 정확한 섭외 조건을 알고 싶어한다. 그래야 수락 여부를 지혜롭게 결정할 수 있다.

적은 금액으로도 섭외에 성공하는 사례는 수두룩하다. 섭외엔 돈 말고도 다양한 조건이 있지 않은가. 참신한 기획, 심금을 울리는 섭외 사연, 당신이 나를 만나야만 하는 필연성, 질 좋은 대화 보장, 돈이 아닌 형태의 특별한 선물 등, 돈이 아닌 자원까지 살뜰히 챙겨서라도 당신을 모시겠다는 의지를 보여줌으로써 그의 마음을 동하게 만든 경우들이다. 물론 이런 어필 역시 돈 얘기를 빼놓고 하면 안 된다.

섭외료가 적다는 이유로 거절을 당할지라도, 첫번째 메일에 섭외료를 적은 채로 거절당하는 게 낫다. 두번째나 세번째 메일에서 금액을 공개한 뒤 상대의 마음이 식는다면 거절하기 더욱 어렵고 찝찝하다. 피차 괜한 수고를 하지 않도록 처음부터 알려주자.

### 3. 섭외료를 잘 주고 싶은데 상대의 몸값(?)을 모를 경우

평소 받으시는 금액이 얼마인지 몰라서, 실례가 될까봐, 돈 얘기를 일단 함구하는 경우도 많다. 조심스러운 마음은 충분히 이해된다. 나도 누군가를 섭외할 때 '그 사람은 평소 이 일을 할 때 얼마 정도 받지?' 짐작이 안 되어 곤란하기도 하다. 하지만 상대의 재주와 노동을 진정으로 귀하게 여긴다면, 돈 얘기를 신중히 보류하기보다는 내가 책정한 최선의 예산을 알려주는 것이 참사랑이다. 일을 받는 사람이 돈 얘기를 먼저 꺼내게 만드는 게 더욱 큰 실례이기 때문이다.

적정 금액을 전혀 모른다면 업계 표준이 얼마인지 알아보는 게 먼저일 것이다. 이를테면 내가 출판사 대표로서 잡지를 발행하기 위해 좋아하는 작가에게 원고 청탁을 한다고 가정해보자. 단편소설 한 편을 청탁하고 싶은데 얼마를 제안해야 할까? 검색해보면 200자 원고지 기준 1매당 1만 원이 일반적인 분위기다. 하지만 1980년대의 고료가 매당 5천 원이었다는 것과 그간 폭등한 물가를 감안할 때 원고료가 여전히 턱없이 싸다는 사실을 실감할 수 있다. 나는 작가들에게 어떤 의뢰인이 되고 싶은가? 당연히 글값을 무진장 높게 쳐주는 출판사 사장이 되고 싶다. 소설가의 집필 노동을 귀히 여기며 소설 한 편당 천만 원이라도 지불하고 싶은 심정이다. 하지만 현실적으로 불가능하지 않겠는가? 내게도 상한선이라는 게 있지 않겠는가?

바로 그 상한선을 상대에게 지체 없이 말해야 한다는 것이다. "저희 출판사에서 책정할 수 있는 최선의 원고료는 매당 1만 5천 원으로, 단편소설 60매 기준 90만 원의 작업료를 지급할

예정입니다"라는 본론을 늦어도 세번째 문단이나 네번째 문단
에서는 꺼내야 한다는 의미다.

## 4. 지급일 명시

정확한 금액을 명시하는 것만큼이나 중요한 것은 지급일을
명시하는 것이다. 원고 마감일은 말해주면서 원고료 지급일은
말해주지 않는 청탁처. 어쩐지 좀 얄밉지 않은가? 돈이 언제
들어올지 알아야 지출 계획을 세울 수 있는데 말이다. 잡지가
나온 지 반년이 지나도록 원고료가 들어오지 않는 경우도 더
러 있다. 월급이 고정되어 있지 않은 프리랜서들은 한 치 앞도
보이지 않는 안개 낀 미시령 고개를 시속 20km로 넘듯 보수적
으로 생활하곤 한다. 이들로 하여금 기약 없이 지급일을 기다
리게 하지 말자. 그리고 원고를 받았다면 가능한 한 빨리 고료
를 지급하자.

내가 운영하는 출판사에서는 원고료 선입금 제도를 실천하
고 있다. 작가가 원고 청탁을 수락하면 24시간 내로 고료를 송
금한다. 글을 아직 한 자도 안 썼는데 왜 벌써 돈을 주냐고? 우
리는 배달음식이 오기 전에도 먼저 돈을 낸다. 인터넷에서 옷
을 살 때도 미리 결제하고 기다리며, 카페에서도 음료값을 내
고 자리에 앉는다. 그것이 곧 내게 올 것을 믿기 때문이다.

나는 배달음식이 올 것을 믿듯이 작가가 글을 줄 것을 믿는다. 카페 직원께서 내가 주문한 음료를 만들듯이 작가도 주문받은 글을 집필할 것이다. 우리에겐 약속을 지키려는 본능이 있다. 선입금을 한다는 건 내가 먼저 믿는다는 의미다. 이런 믿음을 저버리는 작가는 극히 드물다. 청탁을 받고 원고료를 받는 순간부터 작가에겐 압박감과 상상력이 동시에 열린다. 내가 해당 원고를 완성할 수 있을 거라고 믿어 의심치 않는 타인이 있으므로. 내게 선불로 구독료를 낸 〈일간 이슬아〉 독자들을 향해 펑크 내지 않고 글을 쓰는 것도 똑같은 원동력이다. 작가인 사람이 출판사 대표가 되면 이렇다. 글 먼저 받고 원고료를 주는 대신, 원고료 먼저 주고 글을 받는다.

## 5. '내마금지'

정리하자면 '내마금지內摩金支'로 요약할 수 있겠다. 내가 만든 사자성어이자 의뢰인이 메일을 쓸 때 반드시 기억해야 할 네 글자다. 첫 섭외 메일의 중간쯤엔 '내마금지'가 꼭 포함되어야 한다. 내(용과 분량), 마(감 기한), 금(액), 지(급일). 이를 반영한 업무 청탁 메일의 아주 기본적인 형식은 다음과 같다.

(1) 첫인사와 간단한 자기소개. 지면(회사) 소개.

⑵ 청탁할 업무 소개.

⑶ 왜 당신에게 청탁하는지. 당신의 탁월함 중 어떤 부분이
   이 업무에 어울리는지 설득.

⑷ '내 마금지'(내용과 분량, 마감일, 금액, 지급일) 명시.

⑸ 회신 희망 날짜 알림. 끝인사.


돈 얘기를 이토록 구석구석 정확히 다루는 게 다소 팍팍하
게 느껴질 수 있겠다. 세상에는 물론 묻지도 따지지도 않고 수
락하고 싶은 일도 있다. '너의 요청이라면 조건을 자세히 들어
볼 것도 없어. 그냥 할게'라고 호쾌하게 대답해주고 싶은 제안
들. 하지만 기억하자. 그만큼 특별한 관계의 타인은 매우 소수
다. 섭외 담당자인 내가 그에게 그만큼 특별할 거라고, 섣불리
넘겨짚지 않는 편이 안전하다.

다정함이라는 기술은 결국 상대의 시간과 노고를 소중히 여
기는 씀씀이다. 그것을 귀히 여길 때 돈 얘기도 구체적으로 쓰
인다. 좋아하면 좋아할수록, 돈 얘기를 생략하지 말자. 첫 메일
에 시원하게 적어버리자.

*a* 일곱번째 비기

"돈 벌기 위한 일에서는
무조건 최대 금액을 끌어낸다."

멋지고 아름답게
돈 더 받기

방금 도착한 업무 의뢰 메일을 읽어 내려갈 당신을 상상하면서 글을 쓴다. 우선 축하하고 싶다. 큰 건이든 작은 건이든 누군가가 우릴 찾는 게 당연지는 않다. 아무도 일을 맡기지 않는 시기의 불안을 아는 자라면 업무로 인한 스트레스를 잠시 즐겁게 관망할 수도 있을 것이다. 마냥 적막할 뻔했던 우리 삶에 누군가 노크를 하고 있다는 의미니까. 내게는 메일함을 열며 일단 "야호~"라고 중얼거리는 습관이 있다. 그러고 나면 성에 차지 않는 의뢰 메일도 얼추 기분좋게 읽게 된다.

물론 그렇다고 호구처럼 답장해서는 안 된다.

특히 돈에 관한 부분은 초장부터 깔끔하고 자신 있는 태도를 견지할 필요가 있다. 일을 의뢰받는 사람으로서 어떻게 야무지게 회신할 것인가? 케이스 별로 조목조목 따져보자.

### 1. 작업료가 적혀 있고 금액이 충분한 경우

더할 나위 없이 잘됐다. 시원하게 수락하며 일을 시작하길 바란다.

### 2. 작업료가 적혀 있지 않은 경우

지난 글에서 나를 어김없이 화나게 하는 게 '돈 얘기가 적혀 있지 않은 섭외 메일'이라고 이야기했다. 첫 메일에서 '내마금지'를 명시하는 건 의뢰인이 갖춰야 할 미덕이다. 하지만 그게 적혀 있지 않다고 해서 짜증을 팍팍 티 내는 답장을 쓰지는 말자. 실제로 몇 번 언짢은 티를 내본 결과 늘 뒷맛이 썼다. 매일 밤 켕기는 구석 없이 편히 잠들고 싶다면 역시 정중함을 유지한 채로 일하는 게 상책이다. 상대는 아직 모를 뿐이다. 돈 얘기를 자신이 먼저 하는 게 배려라는 것을.

그런 상대에게 부드럽고 확실하게 일러주자. 이를테면 이런 식으로 답장을 시작하는 것이다.

안녕하세요 ♣♣♣님. 이슬아입니다.

보내주신 메일 감사히 읽었습니다.

제 활동에 관심 가져주시고 정성스러운 제안 주셔서 고맙습니다.

ㄴ, 첫 문단부터 냅다 "얼마 줄 거예요?"라고 물을 수는 없으니 이 정
　　도의 인트로가 필요하다.


'이슬아, 이찬희가 함께 노래하고 대화하는 콘서트'를 요청해주셨
는데요. 마침 저희 남매가 무척 좋은 신곡들을 써내고 있던 터라 반
가웠습니다. 콘서트를 진행한다면 아마 신곡을 처음 발표하는 무대
가 될 수도 있겠네요. 이찬희는 공연으로, 저는 집필로 분주한 탓에
수락 여부는 조금 더 논의해봐야 할 것 같습니다.

ㄴ, 두번째 문단에서는 업무에 대한 나의 이해 및 반응을 간략하게 적
　　어보자. 중요한 건 수락할지 말지 확실히 결정하지 않은 채로 적는
　　것이다. 이 문장을 보면 대략 긍정적으로 검토하고 있는 것처럼 보
　　이지만 분명한 확답을 주지는 않았다. '당신이 원하는 게 뭔지 이해
　　하고 있고, 내가 맡으면 분명 잘할 수 있는 일이지만, 아직 하겠다고
　　말한 건 아니다'를 암시하는 게 포인트다.


그런데 작업료가 적혀 있지 않아 고민이 됩니다. 보통은 첫 의뢰 메
일에서 일의 내용과 정확한 페이를 명시해주시거든요. :)

ㄴ 이쯤에서 부드럽게 일러준다. 돈 얘기를 의뢰인 쪽에서 먼저 꺼내지 않으면 작업자가 번거로워질 수 있다는 점을. 현명한 의뢰인이라면 이후 다른 작업자에게 메일을 보낼 땐 같은 실수를 반복하지 않을 것이다. 이번엔 내 쪽에서 먼저 기세 있게 물어보자.

### 저희에게 책정된 예산을 먼저 말씀해주실 수 있을까요?

ㄴ 나는 얼마 정도를 받고 싶다고 내 입으로 먼저 말하지 않는다. 상대가 어느 정도를 준비하고 있는지 모르기 때문에, 일단 말을 아낀 채로 그쪽이 먼저 성의를 보여주도록 인도한다. 내 바람보다 많든 적든, 상대가 준비한 금액을 일단 듣고 의중을 파악하는 게 마음이 편하다. 정말 여러 버전을 시도한 뒤 최종적으로 정착한 문장이 바로 이거다. "저에게 책정된 예산을 먼저 말씀해주실 수 있을까요?" 돈 얘기를 요구할 때 사용하기 참 좋은 문장이다. 담백하고 명료하다. 부디 마음껏 활용해주기를 바란다. 이 질문을 하는 건 전혀 부끄러운 일이 아님을 명심하자. 이 얘기를 터부시하는 청탁처를 오히려 경계해야 한다.

### 정확한 페이와 지급 일정을 알려주시면 검토해본 뒤 또 회신 드리겠습니다.

ㄴ 다음에 올 메일에는 금액이 적혀 있을 것이다. 그럼 청탁처의 살림

규모를 알게 된다. 또한 그들이 나의 노동을 어느 정도 가격에 쓰고 싶은지도 알게 된다. 금액이 충분하면 1번으로, 충분하지 않다면 3번으로 넘어가자.

### 3. 작업료가 적혀 있지만 금액이 적은 경우

어차피 이 경우와 자주 마주하게 되어 있다. 소름 돋을 정도로 큰돈을 주는 청탁처는 그리 많지 않다. 나도 가끔은 아주 적은 금액을 받고도 행사를 뛰러 간다. 열 명이 겨우 끼여앉을 만큼 작은 서점의 북토크에서 대단한 금액을 바라기란 어렵다. 오랫동안 신세 진 고마운 친구의 출간기념회 같은 자리라면 큰 대가 없이도 흔쾌히 행사를 진행하고 올 것이다. 우리는 돈만을 기준으로 일을 선택하지 않는다. 재미, 의미, 의무, 투쟁, 아름다움 등 돈 외에도 다양하게 소중한 가치를 음미하며 일하곤 한다.

허나 냉정히 말하자면 그런 여유를 부릴 수 있는 것도 평소 돈을 벌어놓았기 때문 아니겠는가. 나는 긍지로 가득한 15년 차 프리랜서. 돈 벌기 위한 일에서는 무조건 최대 금액을 끌어낸다.

### 3-1. 하한선을 말하기

여러 프리랜서들이 쓰는 방법은 자기 작업료의 하한선을 말하는 것이다. 프리랜서들에겐 일정 금액 밑으로는 일을 받지 않겠다는 기준이 있다. 업계의 시세, 자기 실력에 대한 객관화, 클라이언트들로부터 받아온 피드백, 그간 해온 작업에 대한 자부심 등을 반영하여 자신의 일값을 스스로 정해서 알려준다.

책 뒤표지에 들어갈 추천사 원고 청탁으로 예를 들어보자. __만 원의 원고료를 제시한 청탁처에게 그보다 높은 금액으로 정해둔 하한선을 알려주면서 "저는 추천사 집필의 경우 __만 원 이상 책정된 청탁만 받고 있습니다"라고 대답하며 상향 조정을 요청하는 식이다. 강연료가 너무 적을 때에도 "제가 출장 강연 일을 받는 최소 기준은 __만 원입니다. 이에 맞춰 예산 조정이 가능하다면 말씀해주시고, 어려우시다면 아쉽지만 다음을 기약하겠습니다"라고 대답할 수 있겠다.

자기 노동의 일관된 기준을 상대에게 알려준다는 점에서 깔끔하다. 하지만 내가 더 선호하는 방식은 따로 있다.


### 3-2. 상한선을 향해 가기

내게도 노동의 일관된 기준이 있으나 고정불변의 무언가는 아니다. 가난한 청탁처에서는 굳이 돈을 뜯어내고 싶지 않고,

돈 많은 청탁처에서는 가능한 한 최고의 금액을 받고 싶다. 상대가 분명 돈을 더 줄 수 있을 것 같은데 소극적인 예산을 제시한 것 같을 때, 나는 의기소침해지는 대신 동사를 하나 꺼낸다.

여기서 꺼낼 동사는 '힘쓰다'이다.

구체적인 사용법을 공유하겠다.

□□□ 작가의 신작 추천사를 저에게 요청해주셔서 다시 한번 고맙습니다. 명작의 뒤표지에 실릴 문장인 만큼 정말 탁월한 추천의 글을 쓰고 싶습니다.

고료를 __만 원으로 안내해주셨는데요. □□□ 작가의 모든 작품을 열렬히 탐독해온 독자로서 오랫동안 회자될 추천사를 쓸 자신이 있습니다. 표4에 실릴 추천사 전문의 완성도는 물론이고, 표1 띠지 문안에 실릴 카피도 강력한 후킹이 있는 한 줄로 뽑으실 수 있도록 각별히 신경을 써서 집필할 것입니다.

추천사가 효과적인 마케팅이 될 수 있도록 제가 최선을 다할 것인 만큼, 원고료 상향 조정에 힘써주실 수 있으신지요?

아주 자신 있고 강력한 요청이다. 정확히 얼마를 더 올려달라고 말은 안 했지만, 상당히 최선을 다해달라는 뉘앙스가 느껴진다. 내 쪽에서도 전력을 다할 것이라고 약속해서 그렇다.

'힘쓰다'는 특별한 저력을 가진 동사다. 이 맥락에서는 의뢰인을 힘들게 만든다기보다는, 의뢰인이 이미 가진 역량을 더욱 끌어올리는 역할을 한다. 구체적인 금액을 언급하지 않고도 상대가 좀더 힘써보고 싶어지게 한다.

물론 힘써달라고 할 때 그냥 부탁해서는 안 된다. 내가 왜 이 일의 적임자인지, 내가 제공할 노동이 당신에게 왜 매력적인 선택지인지 설득하는 수고가 병행되어야 할 것이다. 당신이 정말로 자신 있다면 이 한 문장을 덧붙여도 좋다. "원고료 상향 조정에 조금 더 힘써주실 수 있을까요? 최대 예산을 말씀해주시면 감사하겠습니다." 최대 예산 언급 또한 조심스럽지만 막강한 요청이다. 상대가 곧장 상한선을 제시해야 할 만큼 빼어난 작업자들이 쓰기에 적절한 문장이다. 한편 상대의 제안이 특수하고 맞춤 제작에 가까운 형태일수록 내가 내미는 견적서도 구체적으로 진화할 수 있다.

(…) 이찬희와 제가 함께하는 콘서트는 일반적인 강연보다 특별한 행사입니다. 별도의 기획과 합주가 필요하고 악기와 음향 장비 이동과 리허설도 큰일이기 때문에, 평소보다 더한 시간과 품이 듭니다. 그만큼 평소보다 더 화려하고 매력적인 행사가 될 거라고 예상합니다. 관객분들에게 적지 않은 금액의 티켓 요금을 받는 자리이고, 귀

사의 유튜브 채널에도 아카이빙되어 두고두고 조회수를 올릴 자료로 남는 만큼, 출연자들의 페이 조정에도 조금 더 힘써주시면 좋겠습니다. 책정하실 수 있는 최대 예산을 주시면 저희 또한 최고의 행사로 보답하겠습니다.

이런 메일을 보내면 제아무리 소극적인 담당자라 할지라도 윗선에 보고할 수밖에 없게 된다. "아무래도 이슬아 이찬희 님…… 페이 올려드려야 할 것 같은데요?"

나의 '힘쓰다' 수법은 드라마 집필 계약 전 제작사와의 소통 메일에서도 어김없이 활용되었다.

(…) 처음으로 각본을 쓰는 작가의 일반적인 시세보다는 높은 금액으로 책정해주신 것을 알고 있습니다. 감사한 마음입니다. 다만 제가 드라마로는 첫 작품이어도, 종이책을 열세 권 출간해온 숙련된 작가라는 점을 강조하고 싶습니다. 새로운 장르 앞에서 겸허히 배울 테지만 엄청난 양의 글을 써온 구력이 드라마 집필에서도 분명 큰 도움이 될 것입니다. 또한 이미 팬덤을 든든히 확보한 원작 작가가 각본을 집필하는 만큼, 분명히 제작사의 마케팅 측면에서도 저의 경력이 이점으로 작용할 것이라 예상합니다.

하여 각본 집필 고료에 관해 논의하고 싶습니다. 이렇게 요청드릴 수 있는 건 제가 초반에 다소 헤맬지라도 결국엔 끝내주는 드라마를 완성할 자신이 있어서입니다. 이 드라마에 함께하는 모두에게 영광이 될 만한 각본을 완성하기 위해 향후 몇 년을 걸 준비가 되어 있습니다. 저의 고료를 올려주시는 데에 힘써주실 수 있을까요?

이때 나는 상대의 상한선을 모른다. 상대가 얼마큼 힘써줄 수 있는지 모르는 채로, 어딘지 모를 상한선을 향해, 바로 그 금액을 향해 같이 가자고 제안하는 것이다.

이런 식으로 내 작업료를 최대로 올리며 일을 해왔다. 다른 누구보다 스스로에게 부담을 주는 방식이었다. 돈에 마땅히 걸맞은 결과물을 납품해야 했으니까. 그러나 역량은 이런 식으로 쑥쑥 자라기도 한다. 기세 있게 돈을 협상하면서, 내 호언장담을 책임지면서, 돈 주는 이들의 기대를 어떻게든 충족시키려 용쓰면서, 어느새 꽤나 능숙해지고 탁월해져버린 자기 자신을 발견하고 마는 것이다. 그게 바로…… 프로의 인생이다.

# 여덟번째 비기

"이메일에서
열기가 느껴진다."

# 이메일의 프로는
# 사랑의 프로다

무슨 일을 하든 기세가 중요하고 책 만들기에서도 예외는
아니다. 내가 몸담은 출판계는 얼핏 조용하고 점잖아 보이지
만 사실은 소란스러우리만치 기세 좋은 인재들이 여럿 상주하
고 있다. 책 뒤에서 안경 휘날리도록 활약하는 자들이다. 국민
의 대부분이 하루종일 숏폼 콘텐츠를 들여다보는 시대에 그
들은 고집스레 책이라는 올드미디어 산업에 종사한다. 평범한
사람이라면 신경도 쓰지 않을 종이 재질, 카피 한 줄, 조사 하
나, 제목의 위치 같은 것을 두고 목청 높여 싸워가면서 말이다.

그중에서도 이연실.

한국 출판계에 한 획을 그은 인물이니 이 이름을 기억해두자. 아무래도 계속 그을 것 같으니 말이다.

영화에 감독이 있다면 책에는 편집자가 있다. 편집자는 작가를 발견하고, 책을 기획하고, 원고를 받아내고 최상의 품질로 끌어올리며, 최대한 많은 독자의 이목을 끌 수 있도록 책 제작의 모든 단계를 책임진다. 한마디로 한 권의 책에 연루된 모든 사람을 익히 알고 통솔하는 사람인데, 그게 바로 이연실의 직업이다. 19년 차 편집자인 그는 유수의 작가들과 백여 권의 책을 만들어왔다. 매번 작품성과 대중성을 두루 갖춘 책을 세상에 내놓는 그에게 사람들은 묻는다. 좋은 작가들의 마음을 어찌 그리 쏙쏙 얻는 건지. 책을 한 번 같이 만들고 나면 그들은 왜 또 당신과 일하고 싶어하는지.

그 비결을 이연실 편집자가 작성하는 이메일에서 살펴보겠다.

일단 그는 메일 주소부터 남다르다. 아이디가 무려 'pro'다. 농담이 아니라 실제 메일 주소가 pro@munhak.com이다. 프로페셔널의 그 프로 말이다. 2007년 커다란 문학 출판사에 갓

입사했을 신입사원 이연실을 떠올려보자. 스물세 살의 그는 다른 사람들처럼 평범하게 이름의 스펠링으로 아이디를 만들 수 있었다. 혹은 문학적 함의를 품은 우아한 영단어를 사용할 수도 있었다. 하지만 그렇게 하지 않았다. 모든 무난하고 안전한 아이디들 대신 택한 게 바로 pro다. 누군가는 '와, 정말 프로가 되고 싶었나보다' 정도로 생각하겠지만 내 짐작은 다르다. 그는 '이미' 자신을 프로라고 믿었을 게 분명하다. 그렇지 않고서야 어떻게 그런 아이디를 내걸 수 있겠는가. 아이디가 프로인 사람으로부터 메일이 왔는데 일하는 본새가 프로페셔널하지 않을 경우, 평범한 아이디를 쓰는 사람보다 훨씬 실망스럽고 기가 찰 수밖에 없다. 그런 위험을 재미 삼아 감수할 사람은 드물다. pro는 지망생의 아이디가 아니다. 자신이 일할 준비가되었음을 아는 사람의 선전포고다. 만약 내게 알파벳 세 개로 가장 강렬한 단어 하나를 만들어야 하는 미션이 주어진다면 망설이지 않고 피, 알, 오를 조합할 것이다……

이연실 편집자는 과연 더할 나위 없이 프로페셔널하게 출판계에 매진하였다. 책을 쓰는 사람, 책을 만드는 사람, 책을 사는 사람을 빼놓고는 그의 인생을 당최 설명할 수 없을 정도로, 만약 책세계를 잃는다면 그 사람이 밥 한술이나 제대로 뜰지 걱정스러울 정도로, 지극한 사랑이었다. 사랑을 제대로 하다보면 누구든 한 분야의 프로가 되어버린다.

사랑의 프로가 이메일을 쓰면 어떻게 되는지 아는가?

이메일에서 열기가 느껴진다.

그리고 소리가 들린다.

여러분의 상상을 돕기 위해 첨언하자면 이연실 편집자의 기운과 이미지는 일본 만화 『중쇄를 찍자!』의 주인공인 새끼곰 편집자 쿠로사와 코코로를 닮았다. (근데 이제 새끼가 아닌 버전.) 한편 그는 때때로 '출판계의 방시혁'이라고 소개되기도 한다. (부디 방시혁 선생님의 히트성과 풍채만 참고해달라.) 동시에 약간 푸바오를 닮기도 했다. 하지만 웃을 땐 어쩐지 까마귀 소리가 난다…… 쓰면 쓸수록 상상에 혼란만 더하는 것 같아 그만두겠다.

## 1. 이메일이 어떻게 뜨겁냐

모든 활자엔 그 나름의 온도가 깃들어 있다. 별다른 감정 없이 써낸 문장은 딱 그 마음의 온도만큼 미지근하고, 달궈진 손과 벅찬 마음으로 쓴 문장은 횃불처럼 타오르기 마련이다. 이연실 편집자의 메일은 그야말로 열렬하다. 외할머니집 방구들

마냥 뜨끈하다.

　나는 글쓰기 스승으로부터 느낌표란 '목에 칼이 들어오는 한이 있어도 절대 뺄 수 없을 때에만 쓰는 것'이라고 배웠다. 그만큼 절제해서 아껴가며 써야 하는 게 느낌표일진대, 이연실 편집자는 한 통의 메일에서 평균 16.7개의 느낌표를 사용한다. 그토록 달뜨게 작가를 부르고, 진심으로 호들갑스럽게 원고에 감탄한다. 이를테면 이런 문장을 보자.

　작가님…! 이번 원고를 다 읽고 나니 이런 생각이 드는군요…!
　다 죽었쓰~!!! 음하하하하하하하하~!!!!

　문장인데 뭔가 시끄럽지 않은가? 소리가 막 들리지 않는가? 하지만 당신이 원고를 보내놓고 편집자의 반응을 초조하게 기다리던 작가라고 생각해보라. 이러한 시끄러움은 구원일 것이다. '이 사람…… 내 글을 정말 좋아하잖아……?!'라고 믿지 않을 수 없게 되니 말이다. 맥락에 따라 느낌표는 매우 강압적이고 명령적인 느낌을 주기도 하는데, 이연실 편집자의 메일에서는 아이돌 응원봉처럼 산뜻하고 기분좋은 문장부호가 된다. 편집자의 역량은 작가가 자기 자신을 믿게 만드는 힘이기도 하다. 그런 점에서 이연실은 프로 편집자이자 프로 치어리더다.

이전 글에서 나는 핵심을 야무지게 요약하는 간결함을 강조했다. 그러나 언제나 간결함이 정답인 것은 아니다. 사실 이연실 편집자의 이메일은 간결함과는 거리가 멀다. 장황할 때도 있다. 그런데도 그의 메일은 엄청나게 힘이 세다. 그렇게 긴 분량을 들여가며, 당신의 글이 왜 가치가 있는지, 왜 정확히 당신 글을 출판하고 싶은지, 어떻게 세상과의 접점을 크게 만들지 구체적으로 설득하기 때문이다. 이메일은 짧아도 되지만 길어도 된다. 특히 고민이 깊거나 용기를 잃은 상대의 마음을 북돋는 장문이라면 얼마든지 길어도 된다. 혹여나 상대가 긴 분량으로 답장해야 한다는 부담을 느끼지 않도록 "작가님은 짧게만 대답해주셔도 됩니다"라고 덧붙이는 것까지, 이연실 프로는 완벽하다.

## 2. 당근은 맛있게 채찍은 찰지게

편집자는 반드시 원고를 받아내야 하는 사람이기도 하다. 작가라는 훌륭하고도 한심한 족속에게 좋은 소리뿐 아니라 독촉을 위한 싫은 소리도 기술적으로 해야 한다는 의미다. 『가녀장의 시대』를 집필중일 때였다. 소설의 반 이상을 써놓았는데 내가 연애에 정신이 팔린 탓에 원고 납품이 늦어지고 있었다. 그때 이연실 편집자로부터 이런 메일이 도착했다.

작가님 다름이 아니라 가녀장 원고를 기다리는 다수의 인물들로부터 아우성이 쏟아지고 있습니다. 물론 가장 아우성치는 목소리의 주인공은 저입니다. (…) 카톡 이모티콘 중 '금방 하실 수 있잖아요'를 보면 작가님이 떠오릅니다. 왜냐하면 작가님은 정말로 금방 하실 수 있기 때문입니다. (…) 보고 싶습니다…… 압도적인 첫번째는 가녀장 완고. 두번째는 작가님 얼굴.

부드럽고도 단호하지 않은가? 또한 우리가 아무리 서로를 좋아한들 원고 없이는 딱히 얼굴을 볼 이유가 없는 관계라는 걸 은은히 암시하는 마지막 문장이 희대의 명문이라 할 수 있다.

어젯밤에 온 메일은 다른 이유로 굉장하다. 나는 요즘 드라마 집필과 이메일 책 집필을 동시에 하느라 어느 때보다도 많은 양의 텍스트를 생산해내고 있는데, 심신이 지친 나머지 이메일 마감을 내일모레로 미루겠다고 양해를 구한 터였다. 그러자 이연실 편집자는 '작가님이 빡센 마감 행진에 지치지 않도록……(합장 이모티콘)'이라고 쓰인 제목의 답장을 보내왔다. 나를 아껴주는 다정한 제목에 마음이 일렁였다. 클릭하자 다음과 같은 본문이 적혀 있었다.

(…) 작가님, 버거운 일정 속에서 이렇게 미리 마감 연기를 예고해

주셨고 첫번째 연기이기 때문에 제가 다른 얘기를 안 드리려 했지만 (…) 사실 내일 제가 생일입니다. (…) 생일 당일에 작가님 원고를 생일선물로 받고 마흔한 살이 되고 싶었는데… 그 대신 작가님께서 온 힘을 다해 원고를 쓰고 계시는 모습을 상상하며 생일을 보내겠습니다. 그리고 내일모레 오전 9시까지 원고가 도착하지 않으면… 이슬아 작가님은 제 생일을 축하하지 않으시는 것으로 알겠습니다. (…) 다른 선물, 축하 메시지, 기프티콘 등은 접수하지 않습니다. (…)

정말 징하지 않은가? 생일이라는 패를 이렇게 쓰다니. 작가에게 원고를 제때 받아내기 위해서라면 수단과 방법을 가리지 않을 사람이다. 이럴 거면 메일 제목에서 사려 깊은 척은 왜 한 것이며 가증스러운 합장 이모티콘은 왜 넣은 것일까? 나는 모처럼 침대에 누웠다가 열받아서 몸을 일으켜 글을 쓰러 갈 수밖에 없었다. 누운 작가를 웃기면서 일으켜 책상에 앉히는 힘. 그것이 편집자의 이메일에서 배울 수 있는 문장력이다. 데드라인을 지키지 않는 동료 일꾼에게 적용해보길 바란다.

### 3. 충분히 기뻐하기

한 번이라도 혼자 일해본 사람이라면 알 것이다. 내가 뭔가를 해냈을 때, 크고 작은 기쁜 일이 생겼을 때 자랑할 옆사람이 없다는 게 얼마나 외로운 일인지를. 그런 점에서 어떤 업계의 어떤 위치이건 간에 충분히 기뻐할 줄 아는 동료가 옆에 있다면 무척 좋다. 뜨뜻미지근하게 일하는 사람 옆에 있는 것과 천지 차이다. 업무의 모든 스텝에 활기가 생긴다.

이연실 편집자는 좋은 소식이 생겨나면 이메일 제목부터 '경축! 가녀장 일본 진출!'이라고 쓰며 호들갑을 마다하지 않는다. 또한 술자리나 사석에서 들은 얘기 중 작가가 조금이라도 기뻐할 구절이 있으면 메일에 꼭 인용하여 전달한다.

요즘 작가님 연재글을 받으며 저희 이야기장수 직원들이 모두 짜릿하게 행복하고 힘나는 시기라 너무 좋습니다. 오늘 점심을 먹다가 이야기장수 마케터 최민경 대리님께, 이슬아 작가님이 민경 대리님의 인스타 글을 너무 좋아한다고 전해드렸더니, 빨갛고 뜨거운 국물을 들이켜면서 "전… 지금… 죽어도 좋아요…"라고 속삭이셨어요. 이야기장수는 지금 이렇게 한껏 뚝배기처럼 달구어져 있습니다.

쌓인 업무도 많고 스트레스받는 소식도 많고 광고도 많은 곳에서 이런 문장을 읽다보면 메일함이 설레는 시공간이기도 하다는 걸 다시 상기하게 된다. 그리고 일이라는 게 참으로 신나져버린다.

누군가는 팔짱을 끼고 '그야 이연실 편집자에겐 희소식이 많이 생기니까 그렇겠지' 생각할 수도 있다. 하지만 나는 안다. 그에게도 어디 가서 뒤지지 않을 만큼의 우환들이 있다는 것을. 그는 단지 또다른 희소식을 만드는 쪽으로 자기 몸을 가져다놓는다. 그리고 함께 일하는 사람들과 기쁨을 크게 나누고 깊이 음미한다. 어떤 희소식도 당연하지 않다는 걸 아는 이들은 그렇게 한다.

이연실 편집자의 이메일에서 가장 두드러지는 특징 세 가지를 다뤄보았다. 이 모든 디테일들이 무엇을 의미하는 건지 모르겠다면…… 대충 사랑이라고 이해하면 된다.

이런 사람과 일을 한번 해보면 헤어나오질 못한다. 웬만한 데이트보다 짜릿하니까. 오직 이 편집자와 일하기 위해 다음 책을 쓰게 될 정도다.

편집자를 지망하는 청년들이 줄어든다는 소식을 종종 듣는다. 이런 뉴스는 내 마음을 아프게 한다. 편집자는 내가 가장 구체적으로 존경하는 직업이기 때문에, 그들이 축적해온 기술이 오랫동안 많은 이들에게 전수되기를 바랄 수밖에 없는 것이다. 나는 바라다가 기억해낸다. 나 역시 현재 한국 출판 생태계의 일원임을 말이다. 업계의 일원으로서 앞으로 이곳에 올지도 모를 미래의 편집자들에게 이렇게 말하고 싶다.

이곳은 좋은 사람들이 무척 많은 세계라고. 책 뒤엔 책보다 더한 이야기들이 있으며, 모든 경험이 달콤하지만은 않지만 그 모든 걸 감수하고 싶어질 만큼 근사한 책들이 탄생되는 곳이라고. 그러니까 당신이 출판계에 온다면 정말 좋겠다. 당신이 쭉 머물고 싶은 업계가 되도록 나는 애쓸 것이다. 훗날 동료로 만난다면 우리, 꼭 끝내주는 이메일을 주고받자. 미래에서 기다리겠다.

## 아홉번째 비기

"프러포즈를 개떡같이 하면
성공하겠는가?"

# 책을 내고 싶은 이에게
## -투고 메일 필승 전략

책을 읽는 사람은 줄어들고 쓰려는 사람은 늘어나는 이 시대를 그만 비관하려 한다. 쓰다보면 어차피 읽게 되어 있다. 읽지 않고 좋은 작가로 살아남을 도리는 없으니까. 어떤 식으로든 서점에 많은 이가 드나드는 세계, 문학이 쪼그라들지 않는 세계를 염원하는 출판인으로서 '까이지 않는 투고 메일 쓰는 법'을 다루겠다.

　사실 대부분의 투고 메일은 까인다. 출판사 직원들이 매정해서가 아니다. 날마다 이런 메일을 수십 통씩 받는 편집자라고 생각하고 아래의 메일들을 읽어보자.

### 〔투고〕30억 자산가가 된 스토리

(···) 흙수저로 태어나 아버지를 일찍 여의고 가족을 평생 부양해온 제가 어떻게 부자가 되었는지 그 여정을 글로 담았습니다. 경기가 움츠러들어 고통받는 사람들에게 도움이 되리라는 확신이 있습니다. (···)

### 〔출간 제안〕나다움을 찾아 떠나는 여행

(···) 저 자신을 성찰하며 에세이를 썼습니다. 귀 출판사의 문을 조심스레 두드립니다. (···)

### 연 매출 20억에 빛나는 마케팅 전문가의 책 투고

(···) 제가 설파한 기술로 인하여 많은 이들이 '실제로' 매출을 일으키고 있습니다. 책 판매 또한 마케팅이기에 저는 준비되어 있습니다. 관심 있으신 출판 관계자분들은 연락 바랍니다. (···)


일반적인 투고 메일들이다. 나 역시 출판사 대표로 지내는 내내 자주 받았다. 정확히 위와 똑같은 메일은 없어도 기시감이 들 정도로 비슷한 메일이 많다. 이런 메일엔 답장하지 않는다. 애초에 나만을 특정하고 보낸 메일이 아니어서다. 길바닥에 휘날리는 찌라시처럼, 똑같은 본문을 여러 출판사에 복사해서 보낸 흔적이 여기저기 보인다. 이쯤 되면 심드렁해질 출판계 일꾼들의 얼굴을 쉬이 상상할 수 있을 것이다.

투고에 성공하려면 당연히 좋은 원고가 있어야 한다. 하지만 투고 메일이 너무 별로일 경우 수신자는 첨부파일조차 열어보지 않게 된다. 또다른 유형도 있다. 제목에서 지나치게 무리하는 투고 메일들이다. 아래 제목들을 살펴보자.

**(투고) 백만 부가 팔릴 기적의 책! 힐링, 공감, 위로가 담긴 원고**
**(투고합니다) 나를 놓치는 것은 출판계의 크나큰 손해! (제발 읽어주세요)**
**(투고 메일) 심려를 기울여 쓴 원고를 보냅니다**

정말이지…… 깊이 심려하게 된다. 제목에서 눈길을 사로잡자고 말하긴 했지만 이런 식은 아니었다. 어디서부터 잘못된 걸까?

위 글쓴이들은 저마다 다른 인생의 이야기를 가지고 있다. 누구와도 똑같지 않은, 고유하고 소중하며 눈물나는 삶일 것이다. 하지만 다들 동일한 태도를 보여준다. '나에게 준비된 원고가 있으니 당신은 나를 알아보기만 하면 된다'는 전제다. 여기에서 당신은 중요하지 않아 보인다. 당신은 이 출판사일 수도 있고 저 출판사일 수도 있다. 크고 돈이 많은 출판사라면 더욱 좋을 테고 말이다. 누구든 간에 내 인생과 내 원고의 독창성과 시장성을 알아보고 얼른 책을 내달라는, 글쓴이의 일방적인 조급함이 공통으로 느껴진다.

문제는 이것이다. 순서가 바뀌었다는 것. 글쓴이가 당신을 먼저 알아봐야 한다. 당신이란 출판사의 편집자를 말한다.

책은 혼자 만들 수도 있고 같이 만들 수도 있다. 일단 투고 메일을 보냈다는 건 같이 만들자는 뜻이다. 출판 과정에서의 전문성을 기존 출판사에 의탁하겠다는 의미다. 작가 혼자만의 힘으로 책을 만들고 팔기란 히어로가 아닌 이상 상당히 어렵기 때문이다. 사실 나는 내가 히어로인 줄 알고 혼자서 출판의 모든 과정을 직접 해봤다. 초짜치고 성과가 나쁘지 않았으나 솔직히 너무 힘들어서 죽는 줄 알았다. 이제는 뼈저리게 되새긴다. 내가 할 수 없는 일을 해내는 전문가들에게 감사하자고…… 요새는 내 출판사가 아닌 기성 출판사의 전문성에 한껏 기대어 책을 만든다. 혼자 고생해보고 나면 모든 스텝에서 그들에게 감사 인사가 절로 나온다. 이러한 애정과 존중이 담긴 투고 메일과 아닌 메일도 천지 차이일 것이다.

대충 당신을 존중한다고 한두 마디 해서 될 게 아니다. 투고 메일 속 수신자의 주소를 적을 때 자문해보자. 왜 하필 그 출판사인가? 정확히는 왜 그 편집자인가? 내 원고가 어째서 그 편집자와 반드시 만나야 하는가? 이 질문에 대답할 수 있어야 한다. 글쓴이는 편집자로 하여금 여러 작가들 사이에서 하필 나를 선택하라고 요구하고 있다. 그렇다면 글쓴이 역시, 여러 편집자들 사이에서 하필 그를 선택한 이유 정도는 아름답게 말하는 게 인지상정이다. 결국 글쓴이가 어떤 편집자를 구체적으로 좋아해야만 써낼 수 있는 게 좋은 투고 메일인 것이다.

언제까지 상대가 나를 먼저 좋아해주길 기다릴 텐가?
우리가 먼저 좀 좋아하도록 하자.

끝내주는 책 작업을 하고 싶다면 편집자들의 팬이 되자고 권유하고 싶다. 좋아하는 영화감독의 필모그래피를 꿰고 있듯 어떤 편집자의 작업 이력을 대략 외우는 작가가 되자는 제안이다. 편집자들에 대한 정보를 어떻게 알아내냐는 원성이 벌써 들려오는 듯하다. 책표지에 편집자 이름이 쓰여 있지도 않은데 말이다.

허나 책을 읽다보면 자연스레 알게 된다. 어떤 책과 작가를 아주 좋아하다보면 그 책을 만든 편집자의 궤적도 따라갈 수 있게 된다. 맘에 쏙 드는 책을 읽고 나면 궁금하지 않은가? 어떤 사람들이 이런 책을 만든 건지. 이때 책의 맨 뒷장이나 앞장을 살펴보자. 판권면이 나온다. 영화로 치면 엔딩크레디트 같은 거다. 그 페이지엔 이 책과 연관된 일꾼들의 이름이 적혀 있다. '책임' 혹은 '책임편집'란에 적힌 것이 편집자의 이름이다. 출판사마다 관행이 다르지만 나는 교정교열자와 디자이너, 그리고 마케터의 이름까지 적어둔 판권면을 좋아한다. 편집자는 그중에서도 총괄책임자라고 할 수 있다. 작가만큼이나 그 책의 운명에 깊게 가담하는 사람이다.

데뷔하기 전부터 내 취미는 편집자들의 SNS 계정을 구경하는 것이었다. 훌륭한 작가들을 덕질하다보면 그들과 함께 일하는 동료들의 존재감도 느끼게 된다. 책에서 작가가 감사 인사를 전하는 서문의 문장 안에, 혹은 신간 소식을 알리며 동료들의 아이디를 태그한 포스팅 안에, 편집자의 이름과 뒷모습과 그림자가 깃들어 있다. 이런저런 문예지를 챙겨읽다보면 작가뿐 아니라 편집자들의 글도 만나게 된다. 책과 작가에 대한 그들의 사유와 출판관을 이해하기 좋은 자료들이다. 믿고 읽는 작가가 생기듯, 그가 편집한 책이라면 묻지도 따지지도 않고 구매하는 일이 잦아진다. 책은 작가의 저력 말고도 편집자의 미감, 기획력, 작가에 대한 이해, 시대를 읽는 눈, 윤문과 디렉팅 실력의 총합임을 알아차리면서 편집자 덕질은 시작된다.

어떤 출판사도 나에게 관심이 없을 적에 내가 열렬히 좋아한 편집자의 이름은 김진형이다. 그는 21년째 출판계에 종사 중인 베테랑 편집자다. 지난주에 이연실 편집자를 소개해놓고 오늘은 왜 딴사람 이야기를 하느냐고?

작가와 편집자의 관계는 모노가미monogamy가 아니라 폴리아모리polyamory다. 일대일 사랑만을 지속할 수 없고 그럴 필요도 없다. 훌륭한 작가의 수만큼이나 훌륭한 편집자의 수도 세상에 많기에⋯⋯ 오픈 릴레이션십처럼 이 사람과도 파트너가 될 수 있고 저 사람과도 파트너가 될 수 있다. 물론 동시에 해도 된다.

나는 김진형 편집자가 만들어온 기품 있는 양서들을 좋아했다. 출판계의 방시혁으로 불리는 이연실 편집자와는 다른 스타일의 작업이었다. 이연실 편집자가 혀를 내두를 만한 히트성으로 매년 베스트셀러를 빵빵 터뜨리며 화제의 중심이 된다면, 김진형 편집자는 다른 의미로 '곤조'가 있었다. 그의 손을 거친 책들은 늘 일정 수준 이상으로 섬세하고 우아하였다. 책 좀 읽는 독자들이라면 알아볼 수밖에 없는 만듦새였다. 세련되고 완벽에 가까웠다. 말하자면 그는⋯⋯ 출판계의 윤상이었다.

편집자를 보고 싶을 땐 작가의 북토크에 찾아가면 된다. 신간이 나온 뒤 첫번째 북토크에는 작가 옆에 편집자가 동행하기 마련이다. 편집자들은 무대 위로 나서지 않는다. 조명이 작가들에게 비치도록 뒤에서 꼼꼼히 신경을 쓴다. 2017년의 어느 북토크에서도 김진형 편집자는 그러고 있었다. 나는 객석에 앉아 편집자의 움직임을 지켜보는 중이었다. 이날의 주인공은 이서희 작가였다. 『유혹의 학교』를 비롯하여 여러 권의 관능적인 사랑 이야기를 써낸 그의 글을 좋아했다. 실은 얼굴도 좋아했다. 아름다운 여자 좋아하기를 그때나 지금이나 참을 수가 없다……

　그날 이서희 작가는 치과 진료를 받은 직후라 발음이 새서 곤란해 보였다. 보통 북토크에선 작가가 꼭 자신의 문장을 낭독하곤 하는데 그러기 어려운 컨디션인 듯했다. 작가의 글을 대신 낭독해줄 사람이 없는지 진행자가 물었고, 나는 손을 번쩍 들어 무대에 올라갔다. 작가도 아니고 쓴 책도 없고 나를 찾는 편집자도 없지만, 독자니까 자신 있게 올라갈 수 있었다. 책에 제대로 치인 독자에겐 그런 용기가 솟는다. 마이크에 대고 조금 떨면서 말했다. 내가 이 책을 얼마나 좋아하는지를. 작가뿐 아니라 편집자에 대한 고백이었다. 그리고 이서희 작가의 글을 대신 낭독했다. 내가 오래 흠모해온 김진형 편집자는 그날 처음으로 나를 보았을 것이다.

얼마 지나지 않아 그와 처음 차를 마시게 된 날이었다. 내심, 정말 혹시나, 그가 나에게 출간 제안을 할지도 모른다는 생각에 마구 설레고 긴장되었다. 스물일곱 살이었고 생계를 위해 휘뚜루마뚜루 웹툰을 연재하고 있었지만 그러느라 문학의 세계에 영영 진입하지 못할까봐 조급했다. 한 시간이나 일찍 가서 기다렸다. 통창 밖으로 폭우가 쏟아지는 늦여름의 오후였다. 출판계의 윤상은 빗속을 뚫고 카페에 도착했다.

내가 책세계에 관해 여러 질문을 건네자 그는 아낌없이 대답해주었다. 한 시간 동안 우리는 오로지 책 얘기만 했다. 그랬는데도 못다 한 책 얘기가 수두룩했다. 그는 내게 출간 제안을 하지 않았다. 그 대신 아주 많은 책제목을 말해주었다. 내가 아직 모르는 작가들의 책이었다. 그들을 탐독한다면 더 나은 글을 쓰게 될 것만 같았다. 나는 김진형 편집자가 말해준 책제목들을 금은보화처럼 수첩에 고이고이 옮겨서 가을 내내 한 권 한 권 꼭꼭 씹어 읽었다.


시간이 지나고 진짜로 내 책을 만들게 되었을 때 막상 파트너가 된 건 다른 편집자들이다. 뛰어난 편집자들과 여러 책을 만드느라 눈썹 휘날리는 와중에도, 김진형 편집자의 신작들과 기고문은 빠짐없이 챙겨읽었다. 그러고 나면 다짐하지 않을 수 없었다. 언젠가는 꼭…… 그에게 투고하리라…… 그의 작가가 되리라……

정말로 투고하게 된 것은, 무려 열두 권의 책을 내고 난 이후다. 나는 마치 그와 책 작업을 하기 위해 지난 열두 권을 낸 것처럼 메일을 썼다. 그중 일부만을 여기에 옮긴다.

### 김진형 선생님께─프러포즈

선생님을 처음 만난 지도 벌써 칠 년이 지났네요. 오늘은 프러포즈를 하고 싶어서 메일을 씁니다. 선생님과 함께 책으로 만들고 싶은 원고가 준비되어 있기 때문이에요.

(…) 명랑하고 씩씩한 동시에, 사랑하는 이들에 대한 연민과 서글픔이 깃들어 있는 원고입니다. 몇 년간 묵히고 다듬어온 이 글들을, 꼭 김진형 선생님과 함께 작업하고 싶습니다. 선생님은 제가 오랫동안 흠모해온 편집자이자 너무나 신뢰하는 독자이시니까요.

데뷔 전부터 선생님과 책 만드는 미래를 상상했습니다. 선생님이 편집하신 책들을 늘 좋아해왔어요. 이 책은 다른 누구도 아닌 선생님으로부터 배우면서 책을 완성하고 싶습니다.

(…) 여러 책들을 만드느라 분주하시겠지만, 시간이 되실 때 저의 원고를 검토해주실 수 있을까요? 선생님께서 검토해주시는 것만으로도 영광일 것 같습니다. (…) 선생님의 일정 혹은 마음과 맞지 않아 거절하시더라도, 계속해서 선생님의 작업을 좋아하겠습니다. (…)

2023년 3월의 메일이다. 내가 이훤에게 결혼하자고 프러포즈한 달이기도 하다.

솔직히 말하자면 그 프러포즈보다 김진형 편집자에게 이메일을 쓸 때 훨씬 더 공을 들였다……

멀리 돌아왔지만 결론은 이렇다.

투고 메일은 거의 프러포즈하듯이 써야 한다.

아무리 근사한 이벤트를 한대도 평소에 사랑을 대충 해놨다면 프러포즈에 성공하겠는가?

아무리 평소에 사랑을 잘해놨대도 프러포즈를 개떡같이 하면 성공하겠는가?

작가가 준비한 탄탄한 원고는 평소에 잘해놓은 사랑과도

같다.

정성 들인 투고 이메일은 한껏 물이 오른 프러포즈 폼과도 같다.


나에게 투고란 이런 것이다. 만약 이 사랑이 수고스럽다고 느껴진다면 혼자서 북 치고 장구 치는 독립출판을 하는 것도 좋은 선택이라고 생각한다. 어차피 인생은 이 수고와 저 수고 사이를 오가는 운동이니까…… 그런데 실은 이야기가 아직 끝나지 않았다. 김진형 편집자로부터 온 답장이 상당히 문제적이었기 때문이다…… (다음 글에 계속)

# 열번째 비기

"일을 못한 고통에서 벗어나는 방법은
하나뿐이다."

# 다시 하는 이에게
## -수정 요청 메일을
## 어떻게 받아들일 것인가

김진형 편집자에게 프러포즈를 해놓고는 자꾸 물컵 같은 걸 놓치며 하루를 보냈다. 손이 떠서 그랬다. 밥을 먹고 집을 치우고 잡무를 하는 와중에도 온 신경은 메일함에 가 있었다. 7년째 짝사랑해온 편집자가 과연 내게 어떤 답장을 돌려줄지 궁금하고 초조했다.

　답장은 24시간 만에 왔다. 출판계의 윤상인 그는 미문을 쓰기로 유명하다. 그의 회신을 요약하려다가 그러지 않기로 했다. 여러모로 유별나기 때문에 그냥 전문을 여러분에게 보여주고 싶다. 적극적으로 행간을 읽어보자. 메일은 이렇게 시작한다.

**비비언 고닉의 책을 다시 읽었어요.**

ㄴ, 진짜 못 말린다. 누가 문학 편집자 아니랄까봐…… 이런 첫 문장에
   좋아 죽는 나도 참 문제다.


**이토록 사나운 사랑을 이렇게나 아름다운 문장으로 써내려간 고닉**
**이라니, 그는 저를 주말 내내 사로잡고 있어요.**

ㄴ, 내 말이 그 말이다. 출판인이라면 비비언 고닉의 『사나운 애착』을
   읽고 어찌 열광하지 않을 수 있겠는가. 투고와 전혀 관련 없는 딴소
   리처럼 보이지만 그렇지 않다. 김진형 편집자는 은은하게 드러내
   고 있다. 그와 내가 비슷한 주파수를 공유하는 독자들이라는 것을.


**실은 그 선집 시리즈의 첫 책은, 제가 이전 출판사에 있을 때부터 만**
**들고 싶은 책이었어요. 이전 회사를 떠나지 않았다면 제가 만들 수**
**도 있었던 책…… 이런 일이 종종 있는데, 그때마다 속상한 마음으**
**로 책을 읽기 시작하죠.**

ㄴ, 이건 몰랐던 사실이다. 우리가 사랑해 마지않는 작가의 책을 어찌
   면 그가 직접 편집할 수도 있었다니. 그는 아쉬울까? 아쉬울 수밖
   에 없지 않을까? 니가 만든 그 책, 그 책이 내 책이었어야 해라고 생

각하며 잠들지 않을까?

그런데 주말 내내 너무 행복했어요. 책의 구석구석, 문장 하나하나 너무 잘 만들었더라고요.

ㄴ 놀랍다…… 내가 놓친 일을 남이 잘해놓은 것을 보고 너무 행복할 수 있다는 게. 나라면 질투했을 텐데! 괜히 꼬투리 잡고 싶었을 텐데!

이런 일이 실은 점점 많아지고 있어요. 그래서 분발도 해야겠다고 다짐하지만 한편으론 마음이 놓이기도 해요. 저보다 훌륭한 편집자들이 많아진다는 것에, 저들이 제가 사랑하는 작가의 책을 만든다니.

ㄴ 그렇구나…… 그의 큰마음에 나까지 경건해진다. 역시 21년 차 편집자…… 출판계의 큰어른……

저는 제가 사랑하는 작가들의 편이거든요.

ㄴ 나 운다…… 사랑하는 작가들의 편이라니…… 이 문장을 눈에 담고 또 담고 싶다…… 편집자의 커리어나 출판사의 이득보다도, 좋아하는 작가에게 그저 최고의 길이 펼쳐지기를 먼저 바랐을 그의 눈동자가 선히 그려진다.

슬아 작가님, 그런데 이번엔 욕심을 내보고 싶어요. 하고 싶어요.

ㄴ, 헉 내 심장…… 진짜로…… 제 원고가 욕심나시나요……? 정말이
신가요……?


저에게 일주일 정도만 시간을 주실 수 있을까요? 원고를 검토한 후
찾아뵙고 싶어요.

ㄴ, 일 년도 드릴 수 있어요. 제발 찾아와주기만 해주세요. 버선발로 맞
이할 거니까……


혼자 상상해보았어요. 저에게 보내신 편지, 작가님의 토요일 마지
막 시간에 쓰신 게 아닐까 하고요.

ㄴ, 맞아요…… 평범한 메일이라면 통상적인 근무시간에 발송했겠지
만, 이건 사랑을 담은 투고였으니까 제가 가장 좋아하는 토요일 늦
은 저녁 시간에 보냈지요.


그렇다면 저는, 작가님의 월요일 첫 시간에 이 편지를 읽으시게 해
야겠다고 생각하고 서둘러 행복해하죠.

ㄴ, 하~~~ 너무해~~ 너무 낭만적이라고~~~ 요새 이런 사람이 어딨어 정
말~~~

그리고 일요일 내내 고민했어요. 어떻게 해야, 사랑하는 작가님의
편에 제가 설 수 있을까 하고요.

ㄴ, 나 또 운다…… 드라마 대사도 이렇지 않다고…… '어떻게 해야, 사
랑하는 너의 편에 내가 설 수 있을까?' 이것이야말로 최고의 고민
아닐까? 사람이 태어나서 단 한 가지 고민만을 해야 한다면 바로
이 질문이 아닐까! 이 편집자 도대체 어떻게 안 좋아하는데~~~!!!

감사해요 작가님. 김진형 드림.


메일은 이렇게 끝난다……

웬만한 러브레터보다 도파민 터지는 답장이었다.

투고 메일에 대한 답장이 모두 이렇지는 않다. 보다 사무적
이고 담백할 수도 있을 것이다. 그래도 편집자는 원고의 매력
을 알아보고 환대하는 전문가니까, 원고를 수락하는 이메일엔
작가가 행복해질 만한 문장이 포함되어 있기 마련이다. 확실
히 출판계엔 아름다운 이메일을 쓰는 편집자들이 많다.

다만 그래서 잊게 되는 사실도 있다. 그들은 빈말을 하지 않
는다는 것.


첫 미팅을 마치고 출간 계약을 맺은 뒤, 김진형 편집자로부

터 새로운 이메일이 왔다. 제목은 '이슬아 산문집 개고 가이드'였다. 이메일엔 파일 첨부라는 기능이 있고, 그것은 때때로 폭탄처럼 보인다. '개고'란 고칠 개改 초고 고稿를 합친 단어로 작가와 편집자의 협업에서 가장 크고 중요한 부분이다. 원고를 어떻게 더 나아지게 만들지 정확하게 코멘트하는 실력이 편집자 역량의 7할이라고 말할 수 있을 정도다.

김진형 편집자가 첨부한 파일을 열어보았다.

놀랍게도 별점 표가 눈앞에 펼쳐졌다.

그것은 내가 투고한 산문 스무 편에 낱낱이 별점을 매긴 파일이었다……

나는 그가 출판계의 윤상인 줄 알았는데, 출판계의 이동진이었던 것이다……


별점을 매기는 데에는 네 개의 기준이 있었다. 얼마나 아름다운가? 재밌는가? 감각적인가? 구조적으로 완성도 있는가? 물론 모든 항목이 꽉 차야만 좋은 글인 것은 아니었다. 어떤 글은 재미가 조금 떨어져도 아름답고 감각적인 매력만으로 충분할 수 있고, 어떤 글은 구조적으로 완벽하진 않아도 문장의 유머로 승부를 볼 수도 있으니까. 김진형 편집자도 반드시 별 다섯 개짜리 글로 개선하라는 의도로 이 표를 작성한 건 아니었

4. 각 글에 대한 개고 의견을 소박하게 제시해드리요.

| 순서 | 제목 | 분량 | beautiful | funny | sensible | instructive | 키워드 | 개고 의견 |
|---|---|---|---|---|---|---|---|---|
| 1 | 착한 여자는 천국에 가고 나쁜 여자는 어디에나 가지만 어지러운 여자는 군데군데로 갈 여울 간다 | 61 | ★★★ | ★★★★★ | ★★★ | ★★★★ | 군데군데, 천지, 북콘서트, 한 사람, 좀 있다 | • 군데군데 없이 속도감 있게 읽히고 재미를 감동이나 교훈을 요구하지 않아서 좋음.<br>• '바다를 끼고 당신을 그린다'…문장의 주체가 '서사'라는 점이 빼면 제목은 로도 좋을 듯.<br>• 첫 문장을 조금 다간결하게 하면 어떨지?<br>• '차이' 또는 '한참'?<br>• 작가의 체질 맞는 듯거는 겪음 오는 자료 일듯. |
| 2 | 백년의 고독과 제주 | 33 | ★★★★ | ★★★★ | ★★★★ | ★★★★★ | 종종함이나, 순발, 무상, 구속생태사, 복식, 그랜드 도리 | • 첫 글도 다툼, 문제를 시작부터의 오히려 관찰이 보임 이슈이며 우리(손주·복원·솔이)들이 제보를 맞다 보면 '여자'의 제보'라는 보편적 정성으로 연결될 듯.<br>• 제출을 맞다는 게 어떨지요? '그런도 되까'? 노재가 좀더 휴일로를 붙일 듯<br>• 복책에는 화머니가 그리려며 들어가기는 최상화는데, 이 부분을 조금 더 상세히 이야기하면 어떻게 풀어가셨을래 복최에는 지금도 그것을 이 파하는가? |
| 3 | 인생이 넘어가시길 | 31 | ★★★★ | ★★★ | ★★★★ | ★★★★ | 이별, 엄마, 기죽, 열등, 그해 여름, 지표, 애인, 성공 | • 가족, 애인, 친구…그리고 열등에 있는 그루분이 우왕좌 우왕듯 것들 그린다.<br>• 앞 글에 이어 가족 이야기가 나오는 건 자연스러워듯, 그 디음을 이야기자는 서정 이야기부터는 사용 다른 느낌 이 둘 사이를 좋게 있는 듯.<br>• 신문을 읽고 나면 제목이 어렵듯(논리, 읽기 전에는 대소 지루한 제목 같기)도 함 |
| 4 | 생일날 | 20 | ★★★ | ★★★★★ | ★★★ | ★★★ | 생일, 갑자 낯선 행성, 다짐, 전자노트라지랑, 첫번째 행성 | • 제목 제고, '낯선 행성에서 좀길고 타루나는 성찰을' 좀좋고 타루나 는다.<br>• 이터른 이야기 이후 다스 맛있는 느낌도 있는데 좀 더 리듬감 있게 가면 좋을듯.<br>• 나이 언급 부분 제고, 현재 고민이 된 솔께 성생일과 이을이 아닐까 싶네 아이. |
| 5 | 8월 이후의 인생 | 15 | ★★★★ | ★★★ | ★★★★ | ★★★★ | 친구, 바다, 시간의 속도, 기후 문제 | • 아름답고 감각적인 글. 좀 더 자연스럽게 이었으면 하는 바람. 특히 첫 문장에 주어가 자기라던지 구구하지 요조롭 편이라에 들어서 건 자가거절이 거실에 들 어진가?<br>• '지나친을 이야기는 좀 생동하는 언어로. 그림 그리 듯 디테일하게 묘사'<br>• 이것들 문장을 온통 이해가 잘 안 되는 듯처는 것들도 우리가 사리저제도 바다는단다는사일에, 우리가 바다다니는듯 건가무슨것들? |
| 6 | 흔들리는 미래 | 36 | ★★★★★ | ★★★★★ | ★★★★ | ★★★★ | 하이, 오픈AI스, 가상세계, VR/AR, 미래, 불안 | • 오레블스를 착용한 이들이의 아를 지켜보는 하이의 모습이 궁금을 위로 있는 이들이 스타일의 상세가 풀어가는 있 좋을 듯. |
| 7 | 나는 그의 안에 있다 | 20 | ★★★★★ | ★★★ | ★★★★ | ★★★★ | 하이, 마음실 어시스턴트, 두피 마사지, 쉼 | • 조금 더 열함(문장으로 시작하면 어떨지?)<br>• 아직 약약한 하이가 이들이의 삶 인에 이야기도 조금 더 풀어 쓰면 좋 을 듯. 모든 우정은 상호 흘림일 테니까.<br>• 후교부 미움실 이야기는 다스 길행임? 대폭 보완하거나 이 부분을 빼는 하이 이야기에 집중하는 게(어떨지?(이 이야기의 주체도 두피 마사지인가?) 둘리 우정인가? 전부 이야기 모두 최고지 두피 마사지 소재로 하지보는, 전자든 풀…후자는 상세하게 '(계약적 노동)) |
| 8 | 그에게서 최고의 나를 발견한다 | 26 | ★★★★ | ★★★ | ★★★★★ | ★★★★ | 하이, 반려동물, 탈, 솔바닥 녹색, 고통, 두려움, 죽음 | • 하이의 모습을 이솔이 스타일 상세로 넣으면 어떨지?'행복'이나'나라'부분에이<br>솔이 노래를 물을 수 있는 링크를 큐알코드로 넣으면 어떨지?<br>• 교훈을 담았부터는 마지막 두 문장이 조금 작제적인 느낌이 있음 |
| 9 | Selves-Portrait | 21 | ★★★ | ★★★★ | ★★★ | ★★★ | 친구들 우정, 김태리, 유아의 나다움, 자아식, 전국의 자화 | • 다툼에 활씨 좋은 길의 도돌.<br>• 자아식 자화와 자의식에 제목이 대비는 좋으나 좀 더 다듬는 게 어떨지?<br>• 과반기 그 문장에마다 다듬는 작은 의미인지 볼 요르겠음 |

을 것이다.

허나 뒤로 갈수록 별점을 두 개 박아놓은 글들이 눈에 밟혔다. '고작 별점 두 개짜리 글을 써놓고도 내가 작가라고 할 수 있을까⋯⋯? 전업작가라면 아무리 못해도 세 개 반은 받아야 하는 거 아닌가⋯⋯? 아니 근데 저 글이 재미가 없다고⋯⋯? 그렇게⋯⋯ 별론가⋯⋯? 아무리 그래도 그렇지 별 두 개는 너무하지 않나⋯⋯? 개고 가이드가 소략하기는 개뿔⋯⋯ 겁나 자세하고 잔인하구만⋯⋯'

이메일을 읽은 뒤 나는 풀이 잔뜩 죽은 채 침대에 드러누웠다.

내가 내놓은 게 별로라는 걸 인정하는 일은 언제나 힘겹다.

특히나 상대방이, 내가 정말 만족시키고 싶었던 사람이라면 더욱 그렇다.


힘겨우니까 잠시 딴 얘기를 해보고 싶다. 넷플릭스의 음식 예능 〈주관식당〉의 주인공은 최강록이다. 말주변도 없고 개그 욕심도 없는 슴슴한 요리사 최강록이 매주 한 명의 손님만을 위해 레시피를 고안하고 요리해서 바친다. 손님이 한 명인 만큼 반드시 그를 만족시켜서 돌려보내는 것이 〈주관식당〉의 사명일 것이다. 특유의 재능과 노력으로 최강록은 대개의 손님을 솔찬히 만족시켜왔다.

그런데 4화에 강레오 셰프가 등장한다. 최강록이 데뷔한 〈마스터셰프 코리아 2〉의 심사위원이었던 사람. 까다롭고 칼같은 강레오와 숨쉬듯 어수룩한 최강록의 미치겠는 화학작용을 다들 흥미진진하게 구경했었다. 12년이 흐르면서 최강록은 더욱 관록 있는 요리사가 되었으나 강레오 앞에서 뚝딱이는 건 여전했다. 따갑고도 촉촉한 강레오의 눈빛 때문일 테다. 이 둘의 짜릿한 재회는 예고편만으로도 시청자들을 열광하게 했다. 얼마나 재밌을까? 움츠러든 듯해도 언제나 자기 실력 다 발휘하는 최강록이 이번엔 또 얼마나 잘해낼까?

오랜만에 다시 마주한 강레오에게 최강록이 바친 회심의 요리는 옥돔구이다. 옥돔이라는 귀하고 까다로운 동물로 최고의 음식을 만들고자 최강록은 정교하게 뼈를 제거하고 찹쌀과 인삼도 넣고 소금가마도 만들고 연잎으로 돌돌 말아서 굽기까지 했다.

그렇게 만든 옥돔을, 강레오가 한입 먹더니 젓가락을 툭 내려놓았다. 놀랍게도 찹쌀이 전혀 안 익어서다. 최고의 셰프에게 무려 생쌀을 씹게 한 것에 대한 충격과 미안함과 민망함에 최강록은 몸 둘 바를 모른다. 이때 강레오의 피드백은 한마디 한마디 주옥같이 내 가슴을 후벼판다.

"망칠 수 있어요."(망쳤다는 뜻이다.)

"다음에 맛있게 하면 되지."(맛없다는 뜻이다.)

　촬영장엔 정적이 흐른다. 사랑스러운 코미디언 문상훈도 수습할 도리가 없어 쉬이 입을 떼지 못한다. 강레오는 빈말 같은 걸 할 생각이 없다. 최강록은 원래 말수가 적다. 하지만 쓰라린 실패를 곧장 받아들이며 평소보다 유창하게 말하기 시작한다.

　"굉장히 많은 힘을 쏟아부은 음식인데 (…) 찹쌀을 쪄서 넣는 기본적인 거를 간과하고 '요 정도 시간이면 될 거다'라는…… 그런 계산을 한 게 지금 오늘의 패착입니다."

　평소 최강록은 눈을 잘 마주치지 않는 사람이다. 하지만 자신의 부족함을 구체적으로 말하는 동안 그는 어느 때보다도 강레오의 얼굴을 똑바로 마주보고 있다. 그것은 실패를 인정하는 겸허함만은 아니다. 어마어마한 자존심이기도 하다. 내가 무얼 잘못한 건지 알고 있다는, 이것이 절대로 내 최선이 아니라는 걸 알아달라는 얼굴. 최강록은 자책과 당황으로 어지러워 보이지만, 무언가가 그의 안에서 아주 뾰족하고 정교해지고 있다는 게 느껴진다.

　이제 그는 안다. 무엇을 다르게 했어야 하는지.

　"얼굴 봤으면 됐지, 뭐"하고 일어서려는 강레오에게 최강록은 말한다. "안 됩니다." 그러고는 한 번만 더 해보겠다며 주방으로 가더니 모든 것을 처음부터 다시 만들기 시작한다. 실패와 낙담의 무거운 공기 속에서 할 일을 한다. 만 번쯤 반복해서 손에 익은, 그러나 여전히 배울 것투성이인 바로 그 일을.

이 장면에서 꼭 눈물을 훔치게 된다. 그게 바로 내 삶이기도 해서.


정말이지 일이란 건 잘했을 때보다 못했을 때가 훨씬 더 중요하다. 그때야말로 정신을 바짝 차려야 한다. 침대에서 다시 일어나 글을 고치는 내 표정은 최강록이 두번째 옥돔을 묵묵히 다룰 때와 닮아 있을 것이다. 무엇을 다르게 했어야 하는지 처음부터 되짚으면서 다시 써나갔다. 강레오를 그냥 돌려보낼 수 없었던 최강록처럼, 나도 김진형 편집자의 마음에 꽉 차는 글을 반드시 돌려주어야 했다. 왜 그래야만 하느냐고 묻는다면…… 그래야 밥을 밥답게 먹고 잠을 잠답게 잘 수 있으니까. 처음부터 끝까지 다시 한 뒤에, 강레오로부터 결국 "너무 좋습니다"라는 말을 받아내고 나서 최강록은 말한다. 오늘 잠을 잘 수 있을 것 같다고. 나 역시 편집자가 내 글을 아쉬워하는 동안엔 잠에 못 든다. 밥을 먹으면서도 뭘 씹는 건지 모르겠다. 일을 못한 고통에서 벗어나는 방법은 하나뿐이다. 다시 하는 것.

한 큐에 통과되는 결과물만을 내놓는 작업자가 몇 명이나 있을까? 일하면서 수없이 마주할 수밖에 없는 게 수정 요청 메일이다. 아쉬운 피드백을 들을 때 참말로 쓰라리다. 상대를 존경할수록 그렇다. 쓰라려도 나한테 이렇게 말해준다. '그는 나의 적이 아니야. 우리는 팀이야.' 애초에 그와 일하고 싶었던 것도 얄미우리만치 정확해서였다. 그의 말하기가 아름답다는 건 이런 의미다. 김진형 편집자가 무언가를 아름다워하거나 아닐 때, 나는 그것을 믿을 수 있다.

그렇게 만든 책이 『끝내주는 인생』이다. 글을 아주 여러 번 고치고, 처음보다 나아진 원고를 둘이 번갈아 읽고, 그후에도 고치고 또 고치며 책을 거의 다 완성하게 되었을 때 김진형 편집자는 이런 메일을 보냈다.

작업의 끝에 다다르고 있는데 벌써부터 슬퍼지고 있어요. 하루하루 느리게 느리게 흘러가기를 빌어요. 감사해요, 작가님.

나 역시 같은 마음이었다. 김진형 편집자와 책을 만드는 게 끝나지 않으면 했을 만큼 좋았다. 무엇보다 좋았던 건 수정 요청을 힘껏 받아들이는 게 나의 긍지임을 알게 된 것이다. "너무 좋은데?"라는 말을 들을 때까지 다시 하는 사람이라는 것과, 그게 아무것도 안 바꾸는 것보다 훨씬 더 대단한 자존심이라는 것을 알게 된 게 무진장 소중했다. 작가의 본령은 다름 아닌 수정 작업에 있다는 진리를 수백번째로 확인했기 때문이었다.

*a* 열한번째 비기

"빠고노더"

# 거절은 쿨하고 따뜻하게
## -사양하는 이메일 작성 기술

모르는 번호로 걸려온 전화는 그냥 두는데 그날 밤엔 어쩐
지 받아야 할 것 같았다. 자정을 향해 가는 야심한 밤 나를 찾
는 이는 누구인가. "여보세요?" 인사하자 건너편에서 젊은 남
자의 음성이 들려왔다. "슬아야. 나야." 언젠가 들어본 목소리
였다. "나 모르겠어?" 누구지…… 기억을 더듬으며 목소리의
주인을 찾아나섰다. 어디서 들었더라. 온수매트 위에서 고도
의 집중력을 발휘해보니 한적한 공원 같은 게 떠올랐다. 봄밤
의 라일락 냄새, 등나무와 벤치, 흔들리는 그네…… 둘이서 나
란히 그네를 탔었고…… 그러다 멈춰서 뽀뽀도 했던 것 같은

데…… "잊어버렸어?" 그것은 전 애인의 목소리였다. 옆에 누워 책 읽던 남편이 상냥하게 물었다. "누구야?"

나 이슬아. 34년의 생애 내내 그 어떤 연애도 대충 임한 적이 없건만 이 목소리는 왜 가물가물하단 말인가? 그럴 만도 한 게 정확히 몇 번째 전인지도 계산하기 어려울 정도로 전전전전전전전전 애인이기 때문이었다. 한때 서로 참 좋아했으나 한참 전의 일이고 난 이제 결혼했는데…… 소식을 전혀 못 들은 것일까? 혹시 십수 년이 지났는데도 내게 미련을 떨치지 못한 것인지……? 전×9 애인은 속없이 산뜻한 어조로 말했다.

"난 요즘 해남에서 독서모임을 하고 있어. 보니까 여기에 네 팬이 많더라고~ 그래서 말인데 네가 여기 와서 작가와의 만남을……"

놀랍게도 용건은 북토크 섭외였다. 시간이 자정이라는 점과 발신자가 전×9 애인이라는 점만 빼면 매일 받는 제안들과 다를 바가 없었다. 내가 나른하게 상황을 파악하며 남편에게 뭐라고 대답할지 생각하는 동안, 전×9 애인은 명랑하게 물었다.

"사람들이 되게 좋아할 것 같은데, 한번 와줄 수 있을까? 소정의 거마비도 있어."

한때 좋아했던 애의 입에서 전국의 프리랜서들을 봉기하게 만드는 그 단어가 나와버렸다. 소정의 거마비. 두루뭉술하여 얼마인지 당최 알 수가 없는 바로 그 거마비. 그러나 짜증이 나기엔 늦은 시간이었다. 자정 무렵이면 난 이미 매우 졸린 상태다. 열한시에 수면제 먹고 잠 청한 뒤 여섯시에 벌떡 일어나니까. 약기운 도는 나의 입에서 튀어나온 대답은 다소 지나치게 직접적인 문장이었다.

"너 돈 많아? 나 비싼데……"

정적이 흘렀다. 침묵 속에서 전×9 애인은 방금 들은 두 마디를 어렵사리 소화중인 듯했다. 마음의 소리가 여기까지 들리는 것 같았다. '슬아…… 많이 변했구나……' 그는 멋쩍게 웃으며 자신이 준비한 금액은 왕복 교통비 10만 원이라고 대답했다. 나는 목소리 들어서 반가웠고 모쪼록 행복했으면 좋겠다며 덕담을 늘어놓았다. 못 간다는 소리였다. 미흡한 섭외 담당자와 매정한 작가의 미드나잇 통화는 일 분 만에 종료되었다.

자정에 냅다 전화한 개도 잘한 건 없지만 거기다 대고 돈 많냐고 나 비싸다고 말한 나도 딱히 아름답지는 않다. 이래서 섭외 연락을 전화로 하면 곤란하다. 신중하게 생각하고 대답할 시간이 없어서 가공 안 된 속내를 냅다 튀어나오게 한다. 나는 지름길 같은 질문들을 즐기는 편이지만 역시 그애에겐 그렇게까지는 말하지 않는 게 나았을 것이다. 이메일에서라면 보이지 않았을 경솔함이다.

그날 밤 일을 뉘우치며 오늘의 거절 메일을 겸허히 쓰고 있다. 세상엔 하고 싶은 일보다 하기 싫은 일이 많고, 돈을 많이 주겠다는 사람보다 적게 주겠다는 사람이 흔하다. 바빠 죽겠는 와중에 계속해서 맘에 차지 않는 제안을 거듭 받다보면 짜증스러운 답장을 대충 갈기고 싶은 욕망이 올라오기도 한다. 그러나 남한테 꼽을 준 날엔 속 편하게 발 뻗고 잠들기가 쉽지 않다. 누워서 천장을 보면 내가 말로 글로 쌓은 업보에 짓눌리는 느낌이 들곤 한다. 세상은 좁고 우리는 언제 어디서 또 만날지 모른다. 수락 메일보다 신경써서 작성해야 하는 게 거절 메일이다.

거절 메일의 핵심은 간단하다. 지난번 섭외 메일 편에서 '내 마금지'를 소개했듯 오늘도 새로운 사자성어를 공유하겠다. 바로 '빠고노더'다.

빠 (르게)

고 (맙다고 인사한 뒤)

노 (라고 대답하는 이유 설명)

더 (좋은 기회로 만나 뵙기를 희망하기)

이 네 글자만 기억하면 거절 메일의 품질이 평균 이하로 떨어지려야 떨어질 수가 없다.

첫째로 거절 메일은 품질만큼이나 속도가 중요하다. 수락할 경우 최대 이틀까지는 천천히 대답해도 괜찮지만, 거절할 거라면 시간을 끌어서는 안 된다. 섭외 담당자가 나 아닌 다른 사람을 얼른 구할 수 있도록 24시간 안에 거절 의사를 밝히는 게 좋다. 그것이 '빠'(르게)의 의미다.

둘째로 '고'(맙다)는 왜 중요할까? 앞선 글에서도 강조했지만 누군가 우릴 찾는 게 전혀 당연하지 않아서다. 상대는 분명히 내가 가진 어떤 것을 귀하게 여기며 제안했을 것이다. 엄청 극진하게 모신 건 아니라 해도 어쨌거나 시간과 공을 들여 내게 무언가를 요청하는 수고를 해준 것이다. 그 수고를 알아주는 한마디 정도는 포함하자는 제안이다.

셋째로 '노'는 그야말로 핵심이다. 고마운데도 불구하고 왜 No라고 대답하는가? 상대를 민망하게 만들지 않는 선에서, 그 일을 받지 않는 이유를 명료하게 설명해야 한다. 이 부분을 희미하게 처리할 경우 상대가 재차 설득해올 위험이 있다. 그럼 거절 메일을 한번 더 작성해야 하니 얼마나 번거로운가? 상대가 내 거절의 이유를 오해 없이 수긍하도록 정확히 서술하자.

마지막으로 '더'(좋은 기회로 만나 뵙기를 희망하기)를 잊어서는 안 된다. 현재는 뭔가가 아쉬워서 거절하고 있지만, 상대는 영원히 고정된 사람이 아니다. 내가 변하듯 상대도 변할 것이다. 그 말인즉슨 미래의 어느 날에는 지금보다 나은 조건으로 새 제안을 건넬 가능성을 품은 자라는 의미다. 거절 메일의 마지막 문단에 자리해야 할 내용은 바로 그 가능성에 대한 낙관이다.

금액이 아쉬워서 거절할 때는 "다음에 조금 더 높은 예산으로 진행하시게 된다면 다시 이야기 나누고 싶"다고 여지를 줄 수 있다. 시간이 없어서 거절할 때는 "일간 연재와 드라마 집필이 모두 끝난 뒤에 다시 연락 주시면 함께 재밌는 작업을 구상해볼 수 있을 것 같"다며 느슨히 협업 관계를 다질 수 있다. 업무의 방향성이 안 맞아서 거절할 경우엔 "제가 더 잘할 수 있는 프로젝트를 기획하신다면 기꺼이 참여하고 싶"다고 추후 만남을 열어둘 수 있다.

'빠고노더'의 뜻을 십분 반영하여, 전×9 애인에게 제대로 된 답변을 해보면 어떨까?

안녕. ○○야. 오랜만에 인사하니까 반갑다. 너는 여전히 목소리가 정말 좋네. 내가 쓴 책에 관심 가져줘서 고마워. 독서모임에서도 그 책을 다 같이 읽어주었다니 감동이야. 덕분에 해남 어딘가에 열렬한 독자들이 있다는 소식을 알게 되어 기뻐. 작가와의 만남을 제안해준 것도 참 영광이네.

그런데 ○○야. 내가 요즘 정말 분주한 시기를 보내는 중이야. 책 집필이랑 드라마 집필이랑 연재랑 강연을 저글링처럼 병행하느라 일정이 꽉 차 있거든. 그래서 일단 시간이 모자라고, 시간이 모자란 만큼 섭외비가 큰 행사들만 주로 다니고 있어. 가장 잘해야 하는 업무들을 스톱시키고 움직여야 하니까 돈이 중요한 기준이 될 수밖에 없네. 네가 알려준 거마비로는 내 일상을 멈추기가 어려울 것 같아. 우선은 나를 초대해준 마음만 감사히 받을게.

언젠가 더 나은 예산을 마련할 수 있게 되면 말해줘. 업계 내부의 시세를 잘 모르고 있는 너에게 애정을 담아 살짝 귀띔하자면 나의 섭외비는 10만 원보단 아주 많이 높은 편이야. 정말로 부르고 싶다면 꽤 최선을 다해야 할 거야. 그치만 알지? 섭외가 성사되지 않아도 나는 너와의 시간을 좋은 기억으로 간직하고 있어. 스무 살 때 나랑 각별하게 지내줘서 고마웠어. 네 노래 듣는 걸 진짜 좋아했는데. 요즘도 속 시원하게 노래하며 지내고 있다면 좋겠다. 좋은 봄 보내.


하지만 과거로 돌아가는 일은 일어나지 않고, 그에게 나의 마지막 모습은 "너 돈 많아? 나 비싼데……"라는 대사로 오래 오래 기억될 것이다……

　다시 주워 담을 수 없는 말들을 복기하며 나는 다른 이를 향한 거절 메일을 쓰고 또 고친다. 이를테면 잡지사의 에디터님의 원고 청탁 메일에는 이렇게 답장한다.

　(…) □□□ 에디터님답게 정말 참신한 기획으로 초대해주셨네요. 이 귀한 지면의 필자로 저를 제일 먼저 떠올려주셔서 고맙습니다. 그런데 현재로선 새로운 일을 추가하는 게 무리일 것 같습니다. 이미 약속한 일들과 저의 출판사 업무만으로도 허리가 휘어서요. (현재 이 메일도 침대에 누워서 쓰고 있습니다.) 에디터님도 앉아서 장시간 일하실 텐데 허리 어깨 목 괜찮으신지요? 부디 아프신 곳 없길 바라요.
　저 혼자서 책을 만들면 만들수록, 출판사와 함께 일할 때는 미처 몰랐던 숨은 노동이 무엇이었는지 온몸으로 알게 되어요. 열심히 해도 티가 안 나는, 그러나 누군가 반드시 해야만 하는 일들을 어찌어찌 해내며 저의 작은 출판사를 운영하느라 원고 청탁도 고사하며 지내고 있네요. 비록 청탁을 수락하지는 못해도, □□□ 에디터님처럼 책과 작가를 널리 널리 알려주시는 동지들에게 커다란 감사의 마음을 꼭 전하고 싶습니다. (…)

그럼 에디터님으로부터 무척 따뜻한 답변이 돌아와버린다. 일은 성사되지 않았어도 유감없이 서로를 생각할 수 있게 된다. 거절해야 할 것은 원고만이 아니다. 날마다 수많은 새책이 쏟아지는 시대 아닌가. 작가로 지내다보면 신간 도서를 보내준다는 제안을 자주 받는다. 책을 어지간히 좋아하는 나지만 그 모든 신간을 다 받았다간 우리집이 터져버릴 수도 있다.

(…) △△△ 선생님, 소중한 신간 안내 메일을 보내주셔서 고맙습니다. 평소 ○○ 출판사의 책들을 유독 좋아하면서 읽고 있습니다. 소개해주신 책도 분명 좋은 작품일 것 같아요. 표지도 참 근사하고요. 다만 제가 수많은 증정 도서의 탑 속에 둘러싸인 터라, 그 책들을 최대한 덜어내며 서재를 정리하는 시기를 보내고 있습니다. 신간 도서를 받지 않고, 우선 현재 가진 책부터 귀하게 모시는 게 시급할 듯합니다.
선생님께서 소개해주신 책은 책을 어느 정도 정리한 뒤에 꼭 제가 직접 사서 읽어보도록 하겠습니다. 책 곁에서 행복하게 일하고 쉬시기를 바랄게요! (…)

나 역시 책을 만드는 사람이기 때문에 짧은 거절 메일이라도 꼭 다정하게 쓰려고 노력한다. 물론 이보다 까다롭고 어려운 거절 메일들도 있다.

사실 내가 김진형 편집자에게 프러포즈하며 고이 바친 산문 원고는, 원래 이연실 편집자가 먼저 탐내던 원고였다. 더없이 곡진하게 네 권이나 함께 만들어온 인생의 편집자 말이다. 어떻게 해야 그와의 우정에 금이 가지 않으면서 김진형 편집자와의 새로운 사랑을 추가할 수 있을까? 그런데 도대체 나는 왜 꼭 동시에 여러 편집자들과 만나고 싶어하는 것인가? 내 마음을 가만히 들여다본 뒤 이연실 편집자에게 원고를 줄 수 없다는 거절 메일을 썼다.


(…) 이연실 편집자님. 저의 미공개 산문 원고에 관심 가져주셔서 너무 감사한 마음이에요. 이야기장수는 에세이계의 맛집 중 맛집이잖아요. 이연실 편집자님과 에세이 만드는 일에 관해서라면 중력을 믿듯 신뢰하고 있습니다. 편집자님의 수호를 받으며 데뷔한 것은 제게 따른 천운 중 하나라고 생각해요.

동시에 저의 새로운 화두를 허심탄회하게 나누고 싶어요. 이삼년 뒤엔 출판계를 배경으로 한 드라마를 꼭 쓰리라고 구상해왔거든요. 그 드라마는 이연실 편집자님을 존경하다가 제 안에서 싹튼 이야기일 거예요. 드라마에 특히 잘 옮겨 담고 싶은 분 중 하나도 이연실 편집자님이고, 저의 다른 책들을 함께 만든 위고 출판사의 훌륭한 편집자님들께도 많은 것을 묻고 듣고 싶어요. 이들의 동료들과 다양한 출판노동자들을 취재하는 일도 병행되겠지요.

여러 출판인들을 만나면 만날수록 각자 얼마나 기질이 다른지, 다들 어떤 사연으로 책에 연루되어 고생을 하고 있는 건지 알게 되어 재밌어요. 감동적이고요. 이연실 편집자님의 개성과 유능함도 새삼 독보적으로 느끼게 되고요. 편집자님이 숨쉬듯 하시는 작가 사랑 노동 중 하나도 당연한 건 없었다고 자주 깨달아요. 그럴수록 다른 편집자님들을 최대한 많이 깊이 탐구할 필요가 있을 것 같아요. 모든 출판인이 이연실 편집자님 같지는 않기 때문에, 각기 다른 성격을 유심히 관찰해야 출판인 캐릭터들을 구축할 때 오류가 줄어들 테니까요.

그러니까 저는 출판계 드라마를 잘 쓰고 싶어서 일부러 여러 편집자님들과 일해보는 것을 계획할 정도로 다음 작품에 진심입니다. 이연실 편집자님과 책을 만드는 것만큼 기세 좋은 선택지는 없을 거예요. 저는 데뷔 때부터 이미 최고의 동지를 만난 셈이니까요. 그럴수록 다른 장점을 지닌 출판인들에 관한 공부를 게을리하지 말아야겠다고 다짐하게 됩니다. 저희가 겪지 않은 갈등과 어려움으로부터도 배울 것이 많겠다는 직감이 들어요.

그렇게 계획한 두번째 드라마에 대한 원작 소설을, 꼭 이연실 편집자님과 함께 만들고 싶어요. 지금 탐내시는 산문보다 더 재밌는 원고를 그때 새롭게 드릴게요. 우리의 에세이 작업은 이렇게 불발되지만, 진짜 거절이 아님을, 커다란 다음 협업을 위한 한 걸음임을, 편집자님이라면 분명 알아주시겠지요. (…)

이런 거절 메일을 쓰고 나면 어느새 깊은 밤이 되어 있곤 했다. 여전히 겨우 첫번째 드라마를 작업중이지만, 그와 동시에 내 안에서 출판인들의 이야기가 갈수록 시끄러워지고 깊어지는 것을 본다. 이들이 수런거릴수록 다음 드라마가 점점 더 준비될 것이다. 그 미래를 오게 하려면 아껴야만 한다. 유한한 시간을. 하루하루를. 아침과 점심과 저녁의 집필 체력을. 한계를 지닌 나의 몸과 마음을⋯⋯

거절 메일을 쓸 때마다 실감하는 건 인생이 무한하지 않다는 사실이다. 내 메일을 받을 상대의 인생 역시 마찬가지일 거라서 쿨하고 따뜻한 미덕을 두루 갖춘 답장을 쓰고 싶어지는 것이다.

## *fa* 열두번째 비기

"나를 긴장시킬 만큼
지독한 적수는 몇 명 되지 않는다."

# 웬만해선 그를
# 거절할 수 없다

프리랜서로 지내온 십수 년간 거절의 기술을 갈고닦아왔다. 너무한 과로로 인하여 허리를 여러 번 휘고 나니 저절로 그렇게 되었다. 쏟아지는 일을 밑도 끝도 없이 수락하다보면 몸이 남아나지 않는 법이다. 이미 맡은 과업만으로도 고단한 시기인 만큼 웬만한 일은 마다한다. 시간과 체력의 한계로 어렵다는 둥, 멋진 기획이지만 제가 참여하기엔 무리라는 둥, 정중하면서도 단호한 사양을 잘도 해낸다.

그러나 이런 나조차도 때때로 진퇴양난에 처하곤 한다. 도무지 물리치기 힘들 만큼 대단한 적수가 쓴 이메일을 받으면 말이다. 미간 주름을 구기며 '간단히 거절하고 싶었는데 좀 까다로워졌는걸……' 하고 생각에 잠기게 된다. 거액의 섭외료 없이도 자꾸 신경쓰이는 제안 메일을 쓴다는 건 상당한 실력이다. 나를 긴장시킬 만큼 지독한 적수는 몇 명 되지 않는다. 아마 전국 팔도별로 한 명 꼴일 것이다.

그 몇 안 되는 적수 중 한 명이 영월에 있다.

정확히는 강원도 영월군 무릉도원면 법흥리 614번지다. 지도 앱에 이 주소를 검색하면 주변에 딱히 뭐가 없다는 걸 알게 될 것이다. 온통 초록색뿐인 배경과 구불구불한 등고선도 보일 것이다. 그렇다. 이곳은 산속이다. 나는 깊은 산속에서 장사를 하는 한 남자의 이메일에 대해 말하려 한다. 번지수까지 적어가며 좌표를 밝히는 이유는 그가 운영하는 가게가 서점이라서다.

그 서점과 나는 비슷한 때 데뷔했다. 서점 개업 시기와 내가 첫 책을 낸 시기는 얼추 맞물린다. 7년 전 어리숙한 출판사 사장으로 책의 제작과 유통에 직접 나서면서 나는 전국의 독립서점들과 긴밀하게 소통하며 상부상조했다. 서로의 매출에 일조하는 셈이었다. 책 없이 서점 없고, 서점 없이 작가 없기 마련이다. 줄어드는 독서 인구와 치솟는 월세에도 불구하고 자리를 지켜준 책방들 덕분에 나 역시 집필과 출판을 이어갈 수 있었다. 여러 책방 중에서도 영월의 그 서점 주인과는 어쩐지 조금 더 정이 들고 말았다.

맨 처음 그 서점에 방문했을 때였다. 인적도 드문 영월 한구석에서 내 책을 어찜 그리 꾸준히 파는지 궁금했다. 계속해서 10부, 20부, 30부씩 입고해가길래 그저 신통하다고만 생각했다. 일곱 평도 채 안 되는 서점에는 좋은 문학책들이 넉넉하게 엄선되어 있었다. 다른 서점에서 구하기 힘든 독립출판물의 종수도 다양했다. 문학을 사랑하면서도 일면 뾰족한 큐레이팅이었다. 흥미롭고 고집스러운 서점 주인의 취향을 슬렁슬렁 구경하던 나는 어떤 서가 앞에서 앗, 하고 멈춰 설 수밖에 없었다. 거기에 내 이름으로 된 코너가 따로 있어서였다. 반듯하게 세워놓은 나의 전작들 아래로 이런 손글씨가 적혀 있었다.

"이슬아 앞에서 만인의 취향은 평등해진다."

천명하듯 적힌 그 한 문장에 말을 잃고 말았다. 엄청나게 확실한 지지였으니까. '이슬아 책이 호불호가 있을 리가 없잖아'라는 의미였으니까. 이렇게 말해주는 독자를 만나본 적이 있었던가. 나는 고개를 돌려 서점 주인을 바라보았다. 책방 손님들을 방해하지 않으려 카운터 뒤에서 조용히 일하는 남자. 여러 산전수전을 거친 뒤에 서점을 차린 남자. 고향인 영월을 떠나 세계를 돌아다닌 뒤에 다시 영월로 돌아온 그 사람의 옆얼굴을 슬쩍슬쩍 구경했다. 그의 책방은 전혀 크지 않고, 그럴수록 내 책을 위한 자리를 따로 빼뒀다는 게 말로 다할 수 없이 황송해졌다. 서점의 편애를 받는다는 게 얼마나 달콤한 일인지 곱씹으며 이슬아 코너 앞에서 결심했다. 이제부터 나도 그 서점을 편애하기로.

  몇 년이 흘렀다. 그사이 우리는 몇 번의 협업을 함께 했다. 영월을 아름답게 알리는 무료 책자를 함께 만들고, 외진 산속 서점에 옹기종기 모여 앉아 몇 번의 북토크를 열기도 했다. 끝난 뒤엔 서점 지붕 위로 쏟아지는 별을 보며 어쩌면 지금이 우리의 호시절일지 모르겠다고 잠시 한담도 나눴다. 모두 그가 쓰는 정갈한 제안 메일로부터 시작된 일들이었다.
  하지만 최근 몇 년은 그 모든 시간이 꿈처럼 느껴질 만큼 바빠지고 말았다. 내가 드라마 각본에 투입된 이후로는 어떤 원고 청탁도 받기 어려울 정도로 여력이 없어진 것이다. 독립서점들과 간간이 벌였던 재미난 행사들도 이젠 기약 없이 멀어졌다. 각본 집필만으로도 잠잘 시간이 모자랐다. 모든 원고 청탁 메일에 '죄송합니다'로 시작하는 답장을 쓰곤 했다.
  그러다가 영월의 그 남자로부터 다시 메일을 받았다. 메

일은 언제나처럼 정중했다. 성심성의껏 새 원고 집필을 제안
하는 내용이었고, 원고 청탁의 기본이라 할 수 있는 '내마금
지'(내용과 분량, 마감일, 금액, 지급일)도 정확히 적혀 있었다.
허나 수락은 무리였다. 아무리 내가 편애하는 서점 주인이라
할지라도 더이상 쪼개 쓸 수 있는 시간이 없었다. 시간이 생긴
다면 늘상 부족한 잠부터 보충하는 게 현명할 것이었다.

또다시 "죄송합니다"로 시작하는 답장을 쓰려는데 메일 하
단에 흐린 글씨로 달려 있는 추신이 보였다. 위 내용이 공식 업
무 연락이라면 아래는 사적인 편지라며 자기 사정을 솔직하게
전하고 있었다. 어쩌면 서점 문을 닫아야 할지도 모른다는, 가
슴 덜컹거리는 소식이었다. 수많은 독립서점 주인들이 사실상
투잡을 뛴다. 서점 운영만으로는 넉넉하게 먹고살기 어려운
세상이니까. 내게 원고를 청탁하는 건 그가 복무하는 투잡 중
하나였다. 그는 자신이 얼마나 간절하게 나의 새 글을 바라는
지 설명하면서 이런 문장을 덧붙였다.

더이상 성과가 없으면 저는 내년에 서점 문을 닫고 공장에 나가 일
을 해야 합니다……
슬아님, 우리 함께 쏟아지는 별무리 아래에서 서점 앞산을 바라보
며 호시절에 대한 이야기를 나누던 날을 부디 기억해주오……

호시절은 춘몽처럼 사라졌고 애인도 사라졌고 일도 사라져갑니다……

자수성가의 대명사, 가녀장의 대표, 슬아님.

도와주세요……!

도무지 쉽게 거절 메일을 써제낄 수가 없었다.

그가 거의 예술적으로 무릎을 꿇고 있었기 때문에……

사실 나는 온갖 종류의 읍소에 지친 작가다. 생판 모르는 이들로부터 "두 아이의 엄마인데 생활비가 부족해서 300만 원만 보내주시면 요긴히 쓰겠습니다"라든지 "지금 자살하려고 하는데 작가님이 한마디만 해주면 자살하지 않을게요"라든지 "비영리 환경단체인데 작가님이 홍보를 해주지 않으시면 실망하겠습니다"와 같은 메시지를 수두룩하게 받는다. 신인 때는 그런 걸 읽고 잠 못 이루곤 했으나 이제는 내 몫이 아님을 안다. 그걸 해결하러 나서는 게 오만이라는 것도.

하지만 영월의 그 남자가 서점 문을 닫을지도 모른다는 소식에 나는 흔들리고 있었다.

이슬아 코너를 따로 만들어놓은 서점을…… 어찌 모른 척한단 말인가?

새삼 많은 것이 통탄스러웠다. 서점이 근근이 먹고살 수밖에 없는 시대도 통탄스럽고, 줄어드는 전 국민 독서율과 늘어나는 스크린 타임도 통탄스럽고, 매일 내 눈앞에 펼쳐지는 재밌고 무의미한 쇼츠와 릴스도 통탄스러웠다. 그리고 그 남자가 정말 얄미웠다. 내가 무엇에 약한지 너무 잘 알고 있는 그 남자 말이다.

나는 답장을 쓰기 시작했다.

안녕하세요. 이슬아입니다.
그저께 보내주신 장문의 메일. 감사히 그리고 괴롭게 읽었습니다.
호시절이 끝나셨다니 속상하군요.
하지만 일단 죽지 않고 살아 있다는 점, 그리고 이렇게 유능한 메일을 쓰실 수 있다는 점과
여전히 젊다는 점을 생각해보면 여전히 호시절일 거라고 짐작해봅니다. (…)

그때 수락한 원고가 바로 이 글이다. 영월 서점 주인의 읍소를 끝내 모른 척하지 못하여 쓰게 된 원고 말이다. 이 글을 쓰느라 드라마 각본 마감을 하루 미루고 말았다. 내가 늦으면 모든 스태프의 일정도 하루씩 밀린다. 내일모레 있을 드라마 제

작사 회의에 아주 송구스러운 자세로 입장해야 할 것이다. 다시는 마음 약해지지 말자고 다짐하면서도 구태여 이 졸고를 썼다.

그만큼 나는 정말이지…… 한 서점이 없어지는 게 너무 슬프다.


알 만한 사람은 다 아는 서점이다. 영월에 간다면 서점 '인디문학 1호점'을 꼭 들러주면 좋겠다. 들리는 소문에 의하면 그 서점을 공중화장실처럼 쓰는 관광객이 더러 있다고 한다. 서점 주인은 선한 사람이라 서점 화장실 이용을 막지 않을 것이다.

나는 소망한다. 누군가가 모르는 사람의 가게에서 오줌이나 똥을 쌌다면 손을 씻고 나온 뒤에 그가 파는 책도 살펴봐주기를. 가능하면 살펴보지만 말고 한 권쯤 사주기를. 그 서점이 거기에 있는 것은 하나도 당연하지 않기 때문이다. 가만히 있는 것처럼 보이는 주인과 책들은 계속해서 거기 있기 위해 사실은 온 힘을 쓰며 기다리고 있다. 당신에게 읽힐 때까지.

 열세번째 비기

"삶에 대한 맷집이
피차 약하지는 않았다."

# 소심한 사람이
# 보내는 이메일

난 좀 용감한 편이고 이런 기질이 어떤 사람들한텐 부담스러울 것이다. 스물세 살의 손에게도 그랬을 게 분명하다. 스물한 살의 내가 '미디어의 이해' 강의에서 손을 발견했을 때, 저렇게 멋있는 애가 우리 과에 있었다고? 중얼거리며 저돌적으로 다가가 인사를 건넸을 때, 모기의 비행만큼 작은 목소리로 "아, 예⋯⋯" 대답하고는 나를 기피하던 손의 모습이 아직도 잊히지 않는다.

새로 나온 문예지 제일 먼저 챙겨보려고 중앙도서관 2층으로 직행하던 2012년 여름, 창가 쪽 테이블에서 필기중인 손이 보였다. 전공서적 쌓아두고 과제 하는 준수한 남자애였다. 깔끔히 걷어올린 하늘색 셔츠 소매 아래로 드러난 손목에는 무난히 예쁜 시계가 채워져 있었다. 사치스럽지도 궁색하지도 않은, 돈 모아서 딱 하나 샀을 것 같은 그런 시계. 절대 튀고 싶어하는 부류로는 안 보였다. 나는 전공과 상관없는 문예지 세 권을 들고 손의 맞은편 자리에 앉았다. 손이 힐끔 나를 보았고, 이내 주변을 둘러보았다. 도서관은 텅텅 비어 있었다. '빈자리도 많은데 왜 하필 여기에⋯⋯' 하는 표정이었다.

다음날에도 도서관에 들렀는데 이번엔 다른 자리에 손이 앉아 있었다. 나는 읽고 싶은 소설을 골라 또다시 손의 앞자리에 앉았다. 손이 한 번 쓱 보더니 자기 일에 집중했다. 아무래도 장학금을 타야만 하는 모양이었다. 그러지 않고서야 뭘 대학을 저렇게 진지하게 다니나 싶었다. 고생이 많은 것 같길래 자판기에서 보리차 두 병을 뽑아와서 하나 나눠주었다. "⋯⋯감사합니다." 정중하게 인사하긴 했지만 손은 역시나 자기 바운더리로 훅 들어오는 내가 그렇게 내키지는 않는다는 얼굴이었다. 나는 생각했다. '바보⋯⋯'


이후로도 손은 예의 그 정중한 태도를 견지하며 단정하게 거리를 두었고, 나는 그러거나 말거나 은근히 따라다니면서 말을 붙였다.

"학교에 친구 많아요?"

"……아니요."

"나돈데."

"……"

별 대답을 안 하는 손이었다. 어쩌라는 거냐는 의미였겠다. 그가 아직 모르는 게 많은 것 같아서 넌지시 알려주기로 했다.

"저랑 친해지면 좋은데."

그는 별 호들갑 없이 "왜요"라고 물었고 나는 대답했다.

"제가 사실 귀인이거든요."

"아……" 하고 미지근하게 식어가던 손의 표정이 생생하다. "귀인이시구나……" 공허히 반복하는 걸 보니 전혀 설득되진 않는다는 얼굴이었다. 걔가 동의하지 않는다고 해서 귀인이 아니게 되는 건 아니었다. 책 좀 읽은 애라면 알겠지만 귀인들은 늘 동쪽에서 온다. 우리의 유명하지 않은 학교는 서울의 서쪽 끄트머리에 있었고, 나는 매일같이 동쪽의 낡은 동네로부터 언젠가 거장이 되겠다는 야망을 품고 전철에 실려 등교했다. 친구가 될지 안 될지 모를, 나보다 나이가 많은데 말을 아주 천천히 놓고 쓸데없는 소리는 하지 않는, 미어캣 닮은 손을 향하여.

한 번은 수업에서 발표가 있었다. 한 사람씩 앞에 나와서 저작권 판례를 분석하는 십 분짜리 발표였다. 예쁜 미어캣상 얼굴이 오늘따라 퀭했다. 밤새 준비한 모양이었다. 이 간단한 과제 때문에 잠도 안 잘 일인가. "왜 그렇게까지 했어?" 내가 의아하게 묻자 손이 대답했다. "너는 떨리지도 않냐……" 확실히 대범함과는 거리가 멀었다. 스스로를 뛰어나게 여기지도 않았다.

그런 손에게 나는 관심이 있었나? 짝사랑까지는 아니어도 분명 어떤 설렘을 느꼈을 것이다. 보기 드물게 시시하지 않은 남자애. 뭔가 남다른데 조용히 지내는 남자애. 티 내지 않아서 더 특별하게 느껴졌다. 손에게 난 그냥 자신감이 많은 여자 사람 친구였을 것이다. 걔가 날 얼마나 좋아하든지 간에 같이 다니는 것만으로도 학교생활이 곱절로 즐거웠다. 매력적인 사람은 딱히 뭘 주지 않아도 이롭다. 존재만으로 활기를 띠게 하니까. 손은 유니클로에서 알바하고 나는 잡지사 인턴과 누드모델을 병행하던 시절이었다. 둘 다 등록금을 자기 힘으로 벌어서 다녔다. 부모한테서 용돈도 생활비도 못 받는 애들. 삶에 대한 맷집이 피차 약하지는 않았다.

그 무렵 나는 반지하 투룸의 월세를 나의 절친 안이랑 반씩 나눠 내며 살았다. 하루는 그 집에 손을 초대했다. 학교에서 제일 친한 남자애를 데리고 온다고 하자 안은 푸짐한 음식을 차려주었다. 단호박 카레였는지 고등어 파스타였는지 가물가물하지만 셋이 엄청 맛있게 먹었던 것만은 기억난다. 손이 돌아가자마자 우리는 킥킥대며 그의 소심하리만치 정중한 면모들을 놀려댔다. 하지만 그것은 여자애들이 괜찮은 남자애를 봤을 때만 하는 짓이었다.

"내가 멋있다고 했지."

나는 선지자로서의 호들갑을 떨었다. 얼마 지나지 않아 손과 안은 나 없이도 따로 만나서 놀기 시작했다. 내 마음에 질투가 일었던가? 잠시 그랬던 것 같다. 하지만 어느 쪽을 질투하는 건지 헷갈렸다. 처음엔 나랑 제일 친한 남자애랑 사귀는 여자애가 부러웠는데, 생각할수록 나랑 제일 친한 여자애랑 사귀는 남자애도 부러워졌다. 둘 모두를 너무 좋아했던 것이다. 이내 알아차렸다. 나의 두 절친들이 연인이 되는 건 정말이지 최고의 사건이라는 걸 말이다. 가끔가다 셋이 모여서 놀면 그렇게 재밌을 수가 없었다.


학교 앞 식당에서 손이랑 6천 원짜리 돈가스를 먹던 2014년 가을이었다. 그때는 비건이란 게 무슨 부유한 유럽 여자들이나 하는 건 줄 알았다. 눅눅한 돈가스를 썰어서 먹성 좋게 우물

거리는데 모르는 번호로 전화가 걸려왔다. 모 신문사의 기자님이었다. "투고하신 단편소설이 당선되셨어요."

나는 즉시 돈가스 썹기를 중단하고, 어쩔 도리 없이 비범한 내 인생을 직감하며 물었다.

"혹시…… 대상인가요?"

기자님은 대답했다. "아뇨. 대상은 아니시고……"

섣불렀다. 그렇게까지 비범하진 않았구나.

"가작이세요."

나는 곧바로 이 경사의 사이즈를 받아들였다.

"가작이 어디예요. 고맙습니다! 혹시…… 상금은 얼만가요?"

손은 돈가스를 썹다 말고 이 모든 대화를 구경했다. 전화를 끊고 나서 우리는 무슨 일이 일어난 건지 곱씹었다. 그러니까 이제 데뷔를 하게 된 거였고, 손은 그 순간의 유일한 목격자였다. 손에게 한번 더 상기시켰다. "말했지. 귀인이라고." 손이 웃었고, 빈말이 없는 앤데 축하한다는 말을 세 번이나 해주었고, 돈가스도 내 것까지 계산해줬다.


이후의 삶은 훨씬 빠르게 흘러갔다. 모든 수업에서 D 학점을 겨우 유지한 채 졸업한 나와 달리 손은 전공을 살려 기자의 길을 걸었다. 나는 갈수록 너무 작가가 되었고 걔는 너무 기자가 되었다. 걔가 얼마나 참된 기자냐면 이 글에서 그의 이름을 한 글자도 제대로 밝힐 수 없을 정도다. 손은 나 같은 관심종자가 아니다. 유명세에 대한 열망 같은 건 티끌만큼도 없다. 그저 무던하게 성실하게 하루하루 일한다. 많이 쓰기로는 나도 어디 가서 뒤지지 않는데 나보다 두 배는 많은 양을 쓰며 지내는 게 손의 삶이다. 어떻게 네 글이랑 자기 기사를 비교하냐며 겸손을 떨겠지만 나는 안다. 손이 나보다 훨씬 더한 집필 노동자라는 것을. 8년간의 빡센 기자 생활 동안 걔는 허리 디스크를 얻었고, 그러면서도 연차도 월차도 제대로 안 쓸 정도로 일에 몸을 바쳤다. 예나 지금이나 요령도 없이. 엄살도 없이.

일에 몸을 바치는 건 나도 마찬가지였으므로 우리 사이는 뜸해지고 소원해졌다. 1년에 한두 번 만날까 말까였다. 그것이 삼십대 중반의 생애주기다. 그럼에도 뭔가를 먼저 제안하는 건 늘 내 쪽이었다. 만나서 밥 먹자. 휴가 써서 놀러 가자. 안이랑 나랑 같이 3박 4일로 일본 다녀오자. 손은 마지막까지 망설이다가 결국 끌려오곤 했다. 만나면 나는 손한테 꼭 노래를 시켰다. 실은 걔가 노래를 진짜 잘한다. 그렇게 잘하는데도 안 시키면 안 하는 게 속 터지는 부분이다. 시킬 때마다 손은 손사래치면서 마다했고, 나는 노래를 부르고야 말 때까지 계속 시켰다. 재능을 썩히는 게 아까워서 걔 앞으로 발성 수업까지 등록해주며 잔소리했다. "넌 도대체 언제쯤 용기를 낼래?"

그러고 보니 손은 꽤 친한 사이인데도 나를 막역하게 대한 적이 없었다. 난 너무 웃길 때 걔 팔뚝을 막 치면서 웃었는데 십삼 년간 어김없이 불편해했다. 친구로서 할 법한 하이파이브나 헤어질 때의 가벼운 포옹 같은 것도 일절 안 했다. 무례해서 재밌는 농담이랄지 지독하게 웃긴 놀림도 없었다. 정말이지 신중하고 소심한 놈이었다. 지금도 손을 떠올리면 손사래치는 모습부터 떠오른다. 작은 목소리로 "무리야……"라고 대답하는 손. 가장 오래된 남자 사람 친구가 이토록 과묵하고 소극적이라니. 나는 툴툴댔다. "재미없어……"

내 결혼식날에도 손은 별말 없이 조용히 한구석을 지켰다. 눈에 띄게 출중한 친구들이 유려한 축시를 읽고, 스탠드업 코미디로 좌중을 들썩이게 하고, 직접 만든 노래를 부르며 황홀하기 그지없는 재주를 부리는 동안 손은 자기 자리에 앉아서 박수만 치다 갔다.

그런데 확인해보니 손이 축의금을 너무 많이 낸 것이었다. 너무 놀라 곧장 전화를 걸었다.

"야. 왜 이렇게 많이 냈냐?"

그러자 손이 대답했다.

"더 내고 싶었다!"

손에게서 한 번도 들어보지 못했던 큰 목소리였다. 손의 평소 음량을 알기에 저절로 믿어졌다. 더 내고 싶었구나. 이렇게 많이 내고도……

식이란 하루짜리 난리이고 한바탕 지나가면 별다를 것 없는 생활이 이어진다. 웨딩에 대한 판타지도 미련도 없던 나는 즉시 과로하는 일상에 복무했다. 하루에도 수십 통씩 메일을 주고받는 일상. 여러 업무 메일 사이에 끼어 있는 손의 이름을 발견한 것도 바로 그 일상 속에서다. 원고 수정 요청 메일과 독촉 메일 속에서 과열된 채로 일하던 내 눈앞에 생뚱맞은 메일 제목이 떴다.

**어느 가을 슬아의 결혼에 부쳐**

나는 두 가지에 놀랐다. 첫째로는 발신자가 손이라는 사실에. 그가 내게 편지란 걸 쓴 적이 있었던가……? 둘째로는 결혼한 지 한 달이 넘었는데 왜 이제야……? 나는 의아해하며 메일을 클릭했다. 손이 꾹꾹 눌러담은 문장들이, 거기에 빽빽이도 담겨 있었다.

슬아가 결혼한 지 한 달쯤 지났다. 편지 메모장을 폈다 접었다 한 지도 그즈음 지났다. 진심을 다해 축하해주고 싶다는 생각이 그득하다보니 글을 시작하기 쉽지 않다. 거룩할수록 시작은 어렵다.

언젠가 슬아는 내게 산타의 진실에 관한 엄마의 태도에 관해 말한 적 있다. 아이의 소망을 담는 그릇이면 그게 무엇이든 믿게 해주는 엄마가 낫지 않겠냐는 말이었다. 슬아가 발간할 때마다 '사랑을 담아' 보내온 책은 대부분 읽지 못했다. 다른 글을 읽어야 하는 날들이 더 많아서라는 핑계다. 다만 잠시 휴식을 취하러 갈 때면 손에 들기 쉬운 슬아의 인터뷰집을 챙겼던 기억이 있다. 슬아는 어찌 되었든 세상은 더 좋아질 것이라고 믿는 쪽이었다. 세상은 이런 사람들 때문에 더 좋아질 수밖에 없다고 인터뷰이와 질문을 골라내는 사람이었다. 그렇게 나온 글을 읽는 사람들은 함께 믿지 않을 도리가 없었다. 각자의 구정물에서 나뒹굴어도 슬아의 글을 읽을 때 한 번쯤 '나아지겠지' 읊조렸을 거라고 생각한다.

슬아의 결혼식엔 그렇게 위안받고, 위안 주는 이들이 모인 것 같았다. "너 때문에 살아보고 싶어졌어", 말하는 이들. 명실공히 자살 공화국인 이 나라에서 서로를 직시하고, 때로는 서로의 등을 맞대며 삶에 대한 끈을 말하는 이들이었다. 아름다웠다. 그런 순간들을 잊을 만하면 선물해주는 친구 슬아에게 고맙다. 슬아와 친구가 된다는 것은 그런 것이다. 그렇고 그런 인생에 점 하나 찍는 순간을 가급적 많이 새겨보자는 제안이다. 아,『끝내주는 인생』의 작가였던가. 어느 날 볕이 환하게 스미는 학교 도서관에서 슬아는 내게 끝내주는 인생을 제안해주었다. 나 또한 슬아에게, 또다른 누군가에게 그런 사람이 되길 바란다.

슬아는 요즘 춤을 춘다. 재미진 구석이 있다. 슬아의 춤사위에는 기쁨, 환희 같은 것이 조금씩 묻어난다. '신나' '즐거워' 발구름 하나하나가 말을 거는 것 같다. 이제 조금은 알 것 같다. 슬아의 마음에 단단하게 뿌리내린 어떤 감정을.

나의 귀인 슬아야, 끝내주는 결혼을 축하해. 네가 보내준 책들을 집한켠에 쌓아두고 자주 찾아보지 못하는 것처럼 예전만큼 너를 자주 만나지 못해 아쉬워. 살면서 그때그때 네 생각을 듣고, 내 생각을 말하는 날들이 참 좋았거든. 우리 관계가 조금은 느슨해진 지금도 네가 내 친구여서 얼마나 든든하고 힘이 나는지 몰라. 너의 너른 언덕을 내어주어 고마워. 나도 잘살아볼게. 너에게 언덕이 될 수 있도록.

사랑을 담아, 손으로부터

2023년 11월 15일


손은 지난 시간을 내 앞에 펼쳐주고 있었다.

손의 눈으로 내 인생을 다시 보았다.

그러자 눈물이 뚝뚝 떨어졌다. 세월이 흐르고 있다는 걸 알
겠어서.

'결혼 안 했으면 어쩔 뻔했어…… 애한테 이런 편지도 못 받
았을 텐데……'

주룩주룩 울면서 생각했다.


마음이 아플 만큼 손이 그리워졌다. 눈물을 훔치며 손이 일
하는 언론사 웹사이트를 찾아갔다. 검색창에 손의 이름 세 글
자를 넣어보았다. 손이 8년간 성실하게 써낸 기사 수천 편이
끝없이 이어졌다. 견고하고 정확한 단어들로 이루어진 기사들.
어떤 것을 클릭해도 내가 받은 메일에 쓰인 표현 같은 건 찾아
볼 수 없었다. 가을, 진심, 거룩함, 위안, 사랑, 그렇고 그런, 아
쉬움, 친구, 그리고 언덕 같은 말들. 손이 아끼고 아껴뒀다가
귀한 벗들한테만 겨우 꺼내 쓰는 말들.

나는 자주 착각하곤 한다. 용감한 건 언제나 내 쪽이라고. 친구로서든 메일을 쓰는 직업인으로서든 빠르고 정확하고 야무진 쪽은 늘 나라고. 그러나 묵묵한 애가 십삼 년의 시간을 응축해서 보내는 한 통의 메일이 있다. 문자나 전화나 말로 해버려도 되는 이야기를 굳이 메일로 보내는 미련한 친구가 있다. 나는 손이 쓴 것보다 좋은 메일은 써본 적이 없다.

귀인은 동쪽에서 오지 않는다. 도서관 창가 자리에서 온다. 거기서 출발해 멀고 먼 길을 돌아 결국 메일함으로 온다. 느려 보여도 분명 오고 있다. 소심하다고 타박해도 부인하지 않으면서, 실은 엄청 큰 마음으로 성큼성큼 오고 있다.

# 열네번째 비기

"아름답고
다정한 주먹질"

# 꽃수레 권법
## -싸우지 않고 개선하는 기술

내게도 후회스러운 이메일들이 있다. 데뷔 초에 쓴 이메일
이 특히 그렇다.

업계에 이름이 막 알려지고 여기저기에서 인터뷰를 당하던
신인일 때 나는 당최 적응이 안 됐다. 내가 아는 내 모습과 기
사에서 소비되는 내 모습이 달라도 너무 다르기 때문이었다.
신문과 잡지에 대문짝만하게 실린 통통한 얼굴 사진 위에는
사양하고 싶었던 단어들만 쏙쏙 골라 헤드라인이 되어 있었
다. '솔직' '당당' '자유분방'같이 부담스러운 수식어가 따라다
녔다는 의미다. '나 그런 애 아닌데……!' 이미 발행된 기사들

을 정정하고 싶어 발을 동동 구르던 이십대 중반의 기분이 어제 일처럼 생생하다.

한 열 번쯤 뜨악한 이미지로 소개되고 나서는 모든 인터뷰어들을 경계하며 만났다. 실제의 나와 기사 속 나 사이의 간극을 최대한 줄이는 것만을 목표로 취재에 임했다. 한창 예민했을 때 터진 게 노브라 기사 사건이다. 그때나 지금이나 내게 노브라는 별일이 아니다. 새삼스레 이 문장을 쓰는 것도 귀찮을 만큼, 굳이 입을 열고 싶지도 않을 만큼이다. 세상에게도 별일이 아니어야 할 텐데 2017년엔 그렇지 않았다. 하루는 모 패션 잡지와 화보 촬영을 했는데 주어진 의상이 시스루 바디수트였다. 우리 할머니가 봤으면 남사스럽다고 했을 천 쪼가리이긴 했으나 평소에도 시원하게 입고 다녔으므로 노출 정도는 크게 상관없었다.

문제는 인터뷰의 텍스트였다. 인쇄되어 전국에 배포된 잡지를 확인해보니 우스꽝스럽게 헐벗은 내 사진 위로 '그녀가 속옷을 입지 않는 이유'라는 헤드라인이 쓰여 있었다. 나로선 수치스러운 제목이었다. 왜냐하면 팬티는 입기 때문이다…… 그저 브래지어를 안 한다고 했을 뿐인데 제목을 저렇게 써놓으면 팬티까지 안 입고 다니는 애처럼 보일 소지가 있다. 조금 더 마음에 걸리는 건 느끼한 문체였다. '그녀가 속옷을 입지 않는 이유'라니. 브래지어 하나 안 하는 게 대단한 비밀이라도 된다는 듯이, 무슨 거창한 이유라도 있다는 듯이 쓰여 있는 게 내 얘기 같지가 않았다. 단지 마감 스트레스성 소화불량 때문에 노브라로 다니는 나약한 중생일 뿐인데. 본문에는 그보다 더 걱정스러운 문장들이 이어졌다. "유두가 드러나면 어때서요?" "브래지어가 저의 삶을 방해해요." "그 누구보다 저 자신을 사랑해요." 모두 내가 한 적 없는 말들이었다. 그치만 내 이름으로 된 답변 속에 그 문장이 들어가 있으니 진짜로 내가 내뱉은 말 같았다.

당시엔 그게 그렇게 억울했다. 에디터님이 내 말을 왜곡하는 방식과 정도를 참을 수 없었다. 잡지가 편집권을 남용하여 내 이미지를 함부로 착취한다고 느꼈다. 마침 서면으로 진행된 인터뷰라 증거가 확실히 남아 있었다. 나는 피 끓는 젊음으로 내 답변의 원문과, 편집되어 기사화된 워딩을 하나하나 대조했다. 어떤 문장에서 에디터님이 내 말을 마음대로 지어냈는지, 그게 얼마나 위험한 곡해인지, 그로 인해 내가 입을 피해에 관해서는 매체가 얼마나 무책임할 것인지 등을 조목조목 따져가며 에디터님을 향해 날 선 메일을 썼다. 수치심을 떨쳐내기 위한 싸움이었다.

다시 돌아간다면 그런 메일은 보내지 않을 것이다……

후회하는 이유는 여러 가지다. 첫째로 그렇게까지 별일이 아니었다. 삶에는 더 골치 아픈 일들이 벌어진다. 그때 잘 싸우기 위해서라도 사사로운 건에는 힘을 빼지 않는 게 좋다. 둘째로 기사 발행 전에 본문을 상호 더블 체크하자고 합의했으면 일어나지 않을 사고였다. 앞으론 사전에 일을 정확히 해두자며 다짐하고 넘어갔어도 충분했을 것이다. 셋째로 에디터님께 굉장한 악의가 있는 게 아니었다. 나 역시 인터뷰어로 일해왔으니 인터뷰라는 게 얼마나 인터뷰이를 모시는 일인지 이해한다. 별로인 인터뷰 기사라 할지라도 인터뷰어의 성의 없이는 시작조차 되지 않는다. 넷째로 상대가 정말 한심한 실수를 했다 할지라도 그런 식으로 지적하지는 않는 게 나았을 것이다. 내 말을 거칠게 꾸며낸 에디터님도 잘했다고 할 수는 없지만 아주 그냥 까칠하게 대응해버린 나도 전혀 훌륭하지 않다.

나는 훌륭한 사람끼리 싸우는 이야기를 좋아한다.

훌륭한 사람끼리 안 싸우는 이야기는 그보다 훨씬 더 좋아하고 말이다.


그토록 억울했던 노브라 기사 속 내 사진은 이제 와서 보면 귀엽기만 하다. 과장되게 편집된 본문은 그냥 웃기기만 하다. 젊어서 벌어진 일들 카테고리에 속할 건이었다. 싸우지 않았다면, 에디터님과 내가 유감없이 서로를 기억할 수 있다면 좋으런만.

이후에도 몇 번의 까칠한 싸움을 거듭하고 또 후회하며 프리랜서 초창기를 보냈다. 그리고 점차 싸우지 않는 법을 고민하게 되었다. 도대체 어떻게 해야 싸우지 않고도 상대가 저지른 크고 작은 실수들을 시정할 수 있을 것인가? 내 인생의 질문 중 하나였다.

시간이 흘러 2023년의 어느 날. KBS 라디오 방송 〈강원국의 지금 이 사람〉으로부터 섭외 연락이 왔다. 진행자인 강원국 선생님과 마주앉아 대화하는 자리랬다. 만나본 적 없지만 나는 강원국 선생님께 흥미를 갖고 있었다. 무려 두 명의 대통령 휘하에서 연설문을 작성하는 비서관으로 활약해온 그에게 어찌 무심할 수 있겠는가? 무릇 글을 쓰는 자라면 문장 납품자로서의 그를 주목할 법했다. 입 밖으로 꺼낼 문장을 쓰는 연설문의 전문가니까 글뿐 아니라 그의 말도 유심히 지켜보곤 했다. 직관적이고 이해가 쉬우며 '야마'가 있는 말하기였다.

특히 기억에 남는 건 그가 김대중 전 대통령께 연설문 초안을 메일로 전송하려 했다가 상사한테 된통 혼난 이야기다. 2016년의 한 대담에서 그는 지난날을 회상하며 재담을 늘어놓는다.

"그 당시 분위기는, 어디다 대고 대통령한테 (직접 메일을)

쏘냐고…… (웃음) 그때 이메일이 거의 처음 나왔을 때예요. 그래서 매번 출력해가지고 딱 두 손으로 들고 올라갔어요."

대통령의 이메일 주소를 알아도 감히 보낼 수 없었을 그의 청와대 직장생활을 상상하면 피식 웃음이 나오고 마음이 갔다. 강연에서든 그의 책 『대통령의 글쓰기』에서든 그의 근면하고 충직하고 헌신적인 자질을 엿볼 수 있었다. 이런 충신의 서사에 나는 늘 감동하곤 한다. 낮은 자리에서 빠릿빠릿하게 몸바쳐 일하는 사람의 이야기엔 늘 영민한 지혜가 깃들어 있기 마련이니까.

라디오 출연을 흔쾌히 수락하고선 강원국 선생님의 전작과 최근 인터뷰들, 그리고 과거 인터뷰까지 살펴본 뒤 방송국으로 향했다. 연령대가 한참 다르지만 그와 나 사이엔 글쓰기라는 거대한 교집합이 있었고 각자 이름을 걸고 문장을 세공해온 역사가 있었다. 이제 노브라 사건 때만큼 신인이 아니었다. 우린 아주 멋진 대화를 나눌 수도 있을 것이었다. 특정한 사람을 위해 맞춤 제작하는 글에 관해, 입에 착착 붙는 문장의 리듬감에 관해…… 주제는 무궁무진했다. 라디오 녹음 부스에 입장하니 머리칼 희끗한 강원국 선생님이 앉아 계셨다. 나는 예의바르게 첫인사를 건넸다. 선생님의 말과 글을 열심히 읽어왔으며 오늘의 만남을 무척 고대했다고, 인터뷰이로서의 달뜬

의지를 듬뿍 표현했다.

그러나 녹음이 시작되고 얼마 지나지 않아 눈치채게 되었다. 강원국 선생님께서는 내 책을 읽지 않았다는 것을! 내가 쓴 열세 권의 책 중 단 한 권도 펼쳐보지 않았다는 것을! 질문을 두어 개만 들어봐도 느껴지는 것이었다.

**강원국** (대본에 적힌 이슬아 이력을 읽으며) 지금 말씀하시는 소설이 가부장이 아니고 가녀장의 시대더라고?

**이슬아** 맞습니다. 가부장에서 '아비 부' 자를 '계집 녀' 자로 바꿔서.

**강원국** 본인 얘기예요?

**이슬아** 제 얘기를 각색해서 소설화했습니다.

**강원국** 딸이 대장이 되는?

**이슬아** 그쵸. 딸이 수장으로 군림하는 집안에서는 아버지가 군림하는 집안과는 풍경이 어떻게 달라지는가를 탐구하는……

백 번 넘게 반복한 이야기지만 책을 한 번도 안 읽은 독자를 위한 버전으로 친절하게 다시 설명했다. 선생님에 대한 실망감을 부드럽게 숨기면서. 그가 대통령에겐 성실한 질문자였을지 몰라도 나에겐 전혀 아니라는 사실을 천천히 받아들이면서. 문답이 이어지자 우리의 대화는 조금씩 더 삐그덕거렸다.

**강원국**   그럼 (엄마랑 아빠랑) 급여가 다른 거예요?

**이슬아**   복희님의 월급이 (웅이님보다) 더 높은 이유가, 출판사 일에 더 많은 시간을 쏟기도 하지만, 가족이 먹을 밥, 부엌일을 엄마가 하시잖아요.

**강원국**   (무심히) 그게 원래 주부가 하는 일 아닌가?

**이슬아**   (화를 다스리며) 전통적으로는 그래왔죠. 가부장제 안에서는 안 쳐줬잖아요. 누가 부엌일을 한다고 돈을 줍니까. 근데 『가녀장의 시대』에서는 살림 노동에 대한 재평가가 이루어지는 거예요. (…) 그 일을 맡는 사람이 굉장한 고급 인력임을 가녀장은 아는 거죠.

**강원국**   (…) 듣자 하니 '부모'라고 하지 않고 '모부'라고 하신다고…… 너무 삐딱하게 나가는 거 아니에요?

**이슬아**   어떤 점이 삐딱하다고 느끼세요? 저는 선생님 질문이 더 삐딱한 거 같은데. (웃음)


내가 반격해나가자 녹음 부스 바깥에서 지켜보던 피디님과 편집자님의 표정이 흥미진진해지기 시작했다. 따박따박 받아치면서 우리가 얼마나 다른지를 바라보았다. 나는 그에 대해 공부해갔지만 그는 아니었다. 선생님이 가진 건 인터넷에 이슬아를 검색하면 나오는 피상적인 정보들, 그리고 방송작가님이 써주신 대본이었다. 상대를 알려는 의지부터 차이 났다. 더 정성 들이는 쪽, 그러니까 더 좋아하는 쪽이 나였던 것이다.

**강원국** (웃으며) 아니, 자고로 '부모'지!

**이슬아** 부모라고 해온 역사가 길기 때문에 이 책에서라도 모부로 엄마 한번 앞에 놔주자, 싶어서 그렇게 썼습니다.

**강원국** (…) 참…… 여러 면에서 난 좀 특이하단 생각을 했는데……

**이슬아** (심드렁) 제 입장에선 선생님이 더 특이해요.

**강원국** (…) 아니, 나 또 특이한 이력 하나 발견했어요.

**이슬아** 뭐요.

**강원국** 누드모델도 하셨다고……

**이슬아** 아. 옛날에 돈 벌려고 그냥 했습니다.

**강원국** (놀라며) 엄마가 뭐라고 안 하셨어요?

**이슬아** 엄마 아빠가 응원했는데요? (…) 누드모델로 일하는 사람들에 대한 폄하가 없기 때문에 저를 말릴 이유도 없죠.

**강원국** (걱정) 아니 뭐 혼삿길 막힌다고 막……

**이슬아** (잘 못 들음) 어떤 거요?

**강원국** 혼삿길.

내 귀를 의심했다. 슨새임? 방금 뭐라고 하셨나요? 혼삿길이라니……! 누드모델 경력이 결혼시장에서 흠이 될 거라는 편견은 둘째치고, 애초에 내가 결혼할지 말지에 대해 왈가왈부하는 것 자체가 문제인데다가, 젊은작가상 1위 건으로 섭외한 작가를 앉혀두고 신붓감으로서의 가치를 평가하는 시대착오적 발상도 고루하기 짝이 없…… 어휴 입 아프니까 여기까지만 말하겠다. 바로 이 지점이 2부 방송의 25분 38초다. 그와 나의 사이가 한없이 멀어질 위기에 처한 장소.

대통령 밑에서 그토록 영민하셨던 강원국 선생님께서 나에겐 왜 이런 말들을 늘어놓으실까? 그야 나는 대통령이 아니기 때문이고, 그보다 한참 어린 여자이기 때문일 테다. 선생님이 충신일 때 숨쉬듯 수행하셨을 '모시고 살피는 능력'은 내겐 일절 쓰일 기미가 안 보였다. 어떻게 대화를 이어가면 좋을까? 정색할까? 그냥 무시할까? 어차피 말이 안 통할 것 같으니 대충 포기하고 뒤에 가서 "강원국 쌤 진짜 노답이더라" 말하고 다닐까?

하지만 즉각 터진 건 웃음이었다. 혼삿길이라는 말이 역시 너무 웃겨서였다…… 요새 대체 누가 그런 말을 쓰냔 말이다…… 왠지 그를 좋아하는 마음을 깡그리 버리고 싶지가 않았다. 평정과 자비를 유지한 채로 복싱장 미트에 살짝살짝 주먹질하듯 타박하기로 했다.


**이슬아**  어후, 정말 선생님! (걱정하며) 이렇게 보수적인 말씀을 하
셔서 어떡해요! (방금 발언) 이거 안 잘라도 되시겠어요?

**강원국**  (당황하며 겸연쩍게 웃는다)

**이슬아**  (따박따박) 아니, 제가 누드모델을 한 것과 결혼이 무슨 상
관이며, (세상 답답해한다)

**강원국**  (말 돌림) 부모님이 나이가 어떻게 되세요? (…) 확실히 제
가 옛날 사람이다…… (긁적)

**이슬아**  (놀리듯 격려) 괜찮아요. 이렇게 들으시고, 또 생각이 열리
고 계시기 때문에~

**강원국**  (한풀 꺾인 채) 알겠습니다……


이어지는 대화에서도 소소하게 문제적인 대사가 튀어나왔
으나 상관없었다. 난 몸이 풀려 있었다.


**강원국**  (이슬아 저서 목록 살펴보며) 『끝내주는 인생』…… 좀 싼티
나지 않습니까, 제목이?

**이슬아**  (미개한 자를 봤다는 듯이) 어머, 어떻게 그런 말씀을? (경악
한다)

**강원국** (민망해하며 갑자기 수습) 책 반응이 좋다고……

**이슬아** (상냥하게) 맞아요. 선생님처럼 싼티 나는 제목이라고 하시는 분들은 아무도 없고요. 모두가 멋진 제목이라고 하셨답니다.

**강원국** (웃음) 이제 막 은근히 먹이고 뭐…… (웃음) 왜 이슬아 작가 글을 독자들이 좋아한다고 생각하십니까?

**이슬아** 좀 명랑해지는 어떤 힘이 있지 않나, 추측하고 있어요.

**강원국** (삐죽) 좋은 건 다 갖다붙이네.

**이슬아** (뻔뻔) 작간데 잘해야죠, 선생님. 요즘엔 (제 글이) 웃겨서 좋아한다고 생각해요.

**강원국** (새침) 근데 왜 여기선 못 웃겨요?

**이슬아** (얼굴 똑바로 보며) 아니, 계속 웃어놓고 무슨 소리세요?

**강원국** (맥없이 빵 터진다)

**이슬아** 참 나, 여러 번 웃으셔놓고……

**강원국** (웃음)


우리는 서로에게 은근히 어깨빵을 날리듯 토크를 이어나갔다. 초면인 사람들치고 까불며 타격을 주고받다보니 피차 재밌는 느낌이었다. 하지만 고정 라디오 진행자 특유의 매너리즘 가득한 질문만은 피해 갈 수 없었다.

**강원국** (짐짓 진지하게) 우리 이슬아 작가같이 젊은 MZ세대들⋯⋯ 고민들이 참 많잖아요. (대본 읽으며) 그런 분들에게 한마디 해주신다면?

**이슬아** (짜증을 다스리며) 제가 대답하면 선생님도 선생님 세대에게 한마디해주실 수 있을까요?

**강원국** (당황) 저요?

**이슬아** 네. 세대를 대표해서 한 세대에게 말을 하는 게 얼마나 어려운 질문인지⋯⋯ 선생님도 한 번만 느껴보셨으면 좋겠어서요. (웃음)

**강원국** (푸하하하)

**이슬아** 왜냐. 선생님도 선생님 세대를 대표한다고 생각하지 않으시잖아요?

**강원국** 그쵸.

**이슬아** 저도 마찬가지예요.


이날의 아찔한 대화는 이미 세간에 공개되어 있다. 2년 전 KBS에서 전국으로 송출했으며, 작년에 출간된 『강원국의 인생 공부』라는 책에도 수록되었다. 책에서는 모난 부분이 매끄럽게 다듬어져 있지만 원본 그대로의 대화는 팟빵(〈강원국의 지금 이 사람〉 2023년 8월 16~18일자)에서 언제든 다시 들을 수 있다. 서른 살 차이 나는 강원국 선생님과 내가 처음 만나 서로에게 적응해나가는 과정, 친절과 무례를 오가는 스릴, 너그러운 면박, 불화와 화합이 모두 포함된 방송이다.

한 시간 반 동안의 대담이 끝난 후, 강원국 선생님은 웃고 계셨으나 어쩐지 매우 지쳐 보이셨다. 도장에서 스파링을 마친 사람처럼 이마에 삐질 흐르는 땀을 닦으며 "아…… 아주 즐거웠어요" 인사하던 그의 얼굴이 선하다. 나는 선생님께 물었다.

"그런데 선생님! 원래도 인터뷰이가 쓴 책을 전혀 안 읽고 인터뷰를 하셔요?"

선생님은 시간이 없었다는 궁색한 변명을 늘어놓으셨다.

"그러시구나…… 저도 되게 바쁜데, 선생님의 모~든 책을 읽고 왔거든요."

그는 땀을 한차례 더 닦으며 "저도 꼭 읽겠습니다"라고 약속했다.

"이제라도 읽어주시면 너무 좋죠. 방송 전에 미리 읽어오셨다면 더 좋았겠지만~"

그를 타박하고 격려하며 방송국을 떠났다.

이건 앙금을 담아 쓴 글이 아니다. 나 때문에 누가 강원국 선생님을 미워하길 바라는 마음은 추호도 없다. 사실 난 선생님이 약간 귀엽기까지 하다. 그가 나를 만난 뒤 책에 쓴 에필로그를 함께 읽어보자.

이슬아 작가와 나는 서른 살, 딱 한 세대 차이가 난다. 그런 그와 인터뷰하는 내내 나는 '배우고 있다'는 생각을 떨칠 수 없었다. 내가 던지는 질문에 문제가 있다고 생각되면 그는 바로 "왜요"라고 물으며 반론을 제기했고, 역으로 내게 같은 질문을 던지기도 했다. 기성세대의 눈으로 보면 예의를 운운할수도 있겠지만, 그는 거침없음과 당돌함, 솔직함을 무기로 젊은이들을 대변하는 듯했다. 나 역시 이슬아 작가와 얘기를 나누면서 시대가 변했음을 인정해야 했다.

이슬아와 나는 정반대의 삶을 살았다. 나는 신분 상승을 위해 좀더 좋은 직장에서 일하길 바랐고, 출세하는 것이 행복인 줄 알았다. 그러나 이슬아는 달랐다. (…) 이슬아가 부럽다. 그 열정과 무모함, 담대함이 부럽다. 다시 태어난다면 그때는 이슬아처럼……

—강원국, 『강원국의 인생 공부』 (디플롯, 2024) 중에서

역시 웃음이 나지 않는가? 정말이지 책제목처럼 '강원국의

인생 공부' 그 자체이지 않은가? 물론 선생님의 해석과 달리 나는 거침없지도 않고(신중한 편이다) 딱히 솔직하지도 않으며 (거짓말을 일삼는 게 내 직업이다) 젊은이들을 대변하지도 않지만(절대 그러고 싶지 않다) 중요한 건 이거다. 우리가 서로 때문에 조금은 변했다는 것.

방송 이후로 그의 소식이 내 귀에 자주 들려왔다. 강원국 선생님 추천으로 내 책을 읽기 시작했다는 독자가 늘어나고 있었다. 풍문에 의하면 선생님은 정말로 『가녀장의 시대』를 완독하였고 강연을 다닐 때마다 내 책을 널리 홍보하신다고 했다. 우리는 뒤끝 없이 헤어진 것이다. 얼마든지 냉랭할 수도 있었는데, 서로에게 꼽만 주고 돌아설 수도 있었는데 그렇게 하지 않았다. 이런 만남은 한쪽만 노력한다고 성사되지 않는다.


메일함 앞에서 까칠하게 굴고 싶어질 때마다 그날의 대화를 떠올린다. 이 이야기에서 가장 마음에 드는 부분은 상대를 좋아하는 마음으로 다가갈수록 빨리 개선된다는 점이다. 다정함은 느리고 더딘 방법으로 오해받곤 하지만 대개의 경우 의외로 효율적이다. 아주 예외적인 인간 말종이 아닌 이상, 사람에게는 자신을 좋아하는 사람을 실망시키고 싶지 않은 본능이 있으니까.

우리를 진짜로 바꿔놓는 건 옳은 논리가 아니라 좋은 기분이다.

나는 이 기술에 '꽃수레 권법'이라는 이름을 붙이기로 했다. 싫은 소리를 꽃수레에 담아 건네는 방식. 아름답고 다정한 주먹질. 맞은 상대 입장에서는 분명히 타격감이 있긴 한데 기분이 나쁘지만은 않은, 어딘가 향긋하고 기분좋기도 한 그런 펀치의 기술이라 할 수 있겠다.

일하다가 의견이 충돌할 때면 상대의 작업에서 좋아하는 부분과 고마운 점을 부단히 떠올린다. 짜증나는 상대에게 비수를 꽂고 싶을 때조차도, 역시 그를 좋아하는 마음을 완전히 버리지 않아야만 멋진 지점에서 만날 수 있다는 사실을 기억해 낸다. 그럼 꽃수레 권법이 절로 나온다. 요즘엔 개선을 요구할 때 쓰는 메일을 가장 공들여 작성한다. 정확한 피드백을 담되, 핵심 본론의 앞뒤로 감사와 격려와 존중의 문장으로 감싸는 것이다. 수정 요청 이메일 또한 얼마든지 향기로운 꽃수레가 될 수 있다.

꽃수레 권법과 가장 흡사한 레퍼런스는 영화 〈에브리씽 에브리웨어 올 앳 원스〉일 것이다. 몇 번을 봐도 재밌고 신나고 눈물나는 작품이다. 이 영화의 액션신들은 좀 특이한 데가 있다. 인물끼리 끊임없이 충돌하는데 잔인하거나 징그럽지는 않다. 피도 총도 시체도 없다. 이 특징에 주목하며 질문한 〈씨네21〉의 이자연 기자에게 다니엘 콴 감독은 다음과 같은 대답을 들려준다.

"간단하다. 우리는 사람을 죽이는 게 싫다. 역동적인 액션영화는 좋지만 폭력은 싫다. 이 두 가지를 동시에 충족하는 건 꽤 어려운 일이었다. (…) 잘 이뤄낸다면 무척 아름다울 것 같았다."

그렇다. 꽃수레 권법은 꽤 어렵다. 그러나 잘해낸다면 무척 아름다울 것이다. 험한 세상의 모든 일들을 꽃수레 권법으로 무찌를 수는 없겠지만 날 선 대화를 꽤나 부드럽고 유머러스하게 승화하기엔 충분하다. 할말을 똑부러지게 하면서도 다시 보고 싶은 사람으로 남을 수 있는 이 기술은 물론 상대에 대한 너그러운 애정에서 출발한다. 그리하여 지겹지만 또다시, 상대를 조금은 좋아해야 한다는 진부하고도 거룩한 결론에 다다르고야 마는 것이다.

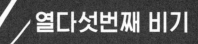 열다섯번째 비기

"관건은 무릎을 꿇는 속도, 방향,
그리고 각도에 있다."

# 무릎을 예술적으로 끓으면 춤이 된다
### -영원히 쉬워지지 않을 사과 메일 쓰기

메일함에 '죄송'을 검색해봤더니 무려 4천 건이 넘는 결과가
나왔다. 지난 십 년간 사람들과 내가 주고받은 사과의 말이 그
토록 많은 것이다. 죄송합니다, 죄송하지만, 죄송하게도, 죄송
스러울 따름입니다…… 수많은 죄송의 물결을 바라보고 있자
니 인류를 향한 측은지심이 일렁인다. 각 죄송별로 무게를 달
아보면 천차만별일 것이다. 공손히 대화를 시작하는 쿠션어로
서의 죄송이 있는가 하면 크레인 화물차로 옮겨야 할 정도로
왕바위 같은 죄송도 있다.
　죄송은 허물 죄罪와 두려워할 송悚의 조합이다. 그리고 '송

구'는 두려워할 송(悚)과 두려워할 구(懼)로 이루어졌다. 두 단어 모두 사과의 본질이 두려움이라고 말하는 듯하다. 나 역시 일을 그르칠 때마다 어김없이 두려움을 느낀다. 노트북 앞에서 중대한 실수를 알아채고 일시정지 화면처럼 멈출 때, 오싹한 기분으로 ×됐다고 중얼거릴 때, 관계자에게 자초지종을 물으며 사고의 규모를 확인할 때, 내게 실망할 혹은 이미 실망했을 상대의 얼굴을 차마 못 마주치겠을 때 낭패감 속에서 준비한다. 주섬주섬 꺼내야 할 사과의 말들을. 이때의 나는 아무래도 좀 없어 보인다. 사과를 잘 안 하는 사람들은 그 기분을 끔찍이 싫어해서 그럴 것이다. 당연히 나도 그리 즐기진 않는다. 미안하다고 용서를 구하는 건 확실히 모양 빠지는 일이니까.

하지만 사과보다 더 괴롭고 어려운 일들이 인생엔 일어난다. 땅을 치며 속죄한들 되돌릴 수 없는 비극도 있다. 그에 비하면 다행 아닐까? 사과해야 할 상대가 살아 숨쉬고 있다는 건 말이다. 나는 용서를 구할 기회를 영영 놓치는 경우가 훨씬 두렵다.


화요일마다 힙합 베이직 수업을 듣는다. 춤을 배우면 온몸 구석구석이 중요해지는데 그중에서도 특히 자주 쓰이는 곳은 다름 아닌 무릎이다. 대개의 춤이 그렇듯 힙합도 무릎을 뺏

뻣하게 편 채로는 출 수 없다. 걷기조차 어렵다. 애초에 무릎은 적절히 구부러지게끔 설계되어 있지 않은가. 무릎의 다양한 움직임을 매주 반복하며 알게 되었다. 무릎을 예술적으로 꿇으면 춤이 된다는 것을. 그 행위는 사과 메일이 지녀야 할 미덕과도 닮았다. 관건은 무릎을 꿇는 속도, 방향, 그리고 각도에 있다.

### 1. 무릎 꿇는 속도

사과에도 골든타임이 있을까? 물론이다. 앞선 글에서 거절 메일은 가능한 24시간 안에 쓰자고 제안했었다. 경험상 사과 메일은 그보다 더 빨라야 한다. 빠르면 빠를수록 좋은 게 사과다. 상대의 서운함과 분노가 걷잡을 수 없이 깊어지기 전에 민첩하게 움직이자. 즉시 사죄할수록 용서받을 확률은 높아진다.

사과하는 문장을 쓰는 게 하나도 즐겁지 않은 짓임을 나도 안다. 사과 메일에는 다른 글보다도 더 많은 기력이 든다. 할 수만 있다면 무한히 미루고 싶은 글쓰기다. 하지만 지체되는 만큼 더더욱 완벽한 사과를 해야 한다는 부담감에 짓눌리기 일쑤다. 상대뿐 아니라 자기 자신을 위해서라도 미안하다는 말은 미루지 않는 것이 좋다.

## 2. 무릎 꿇는 방향

물론 빠르기만 해서는 안 된다. 방향이 정확해야 한다. 정확히 누구를 향해, 어떤 죄목 앞에서 꿇을 것인가? 얼버무리기는 금물이다. 추상적인 말들은 집어치우고 아주 구체적으로 '제가 _를 _해서 _한 피해를 끼쳤기에 정말 죄송하다'는 내용을 필수로 포함시키자. 내 잘못을 스스로도 확실히 인지했음을 표현해야 한다.

왜 이런 일이 일어난 건지 설명할 필요는 있지만 지나치게 구구절절해지면 외려 더 큰 화를 살 것이다. 내 사정에 대한 해명보다 더 중요한 건 당신이 이것 때문에 어떤 피해를 입었을지 헤아리는 대목이다. 그걸 헤아리는 문장을 쓰다 보면 혀를 콱 깨물고 싶은 심정이 되고 만다. 그래도 깨물지 말고 이어서 써보자. 다시는 이런 일이 반복되지 않게끔 어떻게 책임지고 수습할 건지 대책을 말해보자. 이 공약과 실행까지가 사과의 완성이다.

## 3. 무릎 꿇는 각도

15도 정도의 목례로 끝날 문제였으면 당신이 여기까지 글을 읽지도 않을 것이다. 이왕 사과할 거면 우리의 자세를 낮추는 데에 인색하게 굴지 말자. 지나가던 사람이 봐도 '와…… 저 사

람 사과하네……'라고 느껴질 법한 문장을 한두 줄씩 써나가
보자.

이 작업은 참으로 괴롭지만 굳이 장점을 찾자면 반복할수록
나만의 사과 글투가 무엇인지 알게 된다. 고개를 조아리는 듯
한, 무릎을 시원하게 꿇는 듯한 문장의 스타일은 개개인마다
다르다. 행간에 떠도는 공식 사과문의 구성과 문체를 모방하
는 게 능사는 아니다. '이 사람의 미안함은 진짜구나'라는 느낌
은 스스로 고심한 자기 언어에서 묻어나올 수밖에 없다. 평소
말투를 적절히 반영하여 죄송함이 듬뿍 담길 만한 글투를 찾
아나가보자. 사과하는 자세, 즉 무릎의 각도는 상대가 원하는
것보다 조금 더 접으라고 권유하고 싶다. 기대보다 더한 사과
가 문제되는 경우는 잘 없다. 언제나 문제가 되는 건 기대에 덜
미치는 사과다.


정리하자면 최대한 빠르게, 내 잘못을 정확히 고백하고, 잘
못의 원인을 일목요연하게 설명하되, 그 설명의 분량이 상대
방의 입장을 헤아리는 문장을 초과해서는 안 되며, 무릎을 시
원하게 제대로 꿇을 것…… 이 정도가 좋은 사과 메일의 기본
요소라 하겠다.

세상엔 사과할 타이밍을 놓쳐버린 일들이 있다. 이미 늦었다, 다 지나간 일이다 싶은 사건들. 그러나 나는 이미 늦었다고 생각한 그때에도 사과란 안 하는 것보다는 하는 것이 늘 낫다고 생각한다. 몇 년 만에 돌아온 사과에 벅찬 감동을 받은 적이 여러 번 있다. 나 또한 오래전 과오에 대해 그때 실은 많이 미안했다고 용서를 구하고선 해묵은 소화불량이 개선되었다. 미안함과 찜찜함은 너무도 괴로운 감정이다. 나는 매일 밤 편히 잠들고 싶다. 최대한 번뇌 없이 거울을 보고 싶다.

그러나 이쯤에서 상기해야겠다. 사과한다고 반드시 용서받는 건 아니라는 잔인한 진실을. 사과의 모든 덕목을 착실히 지키며 빌어도 때로는 용서받지 못할 수 있다. 이 진실은 언제나 비정하게 느껴진다. 그래도 어쩌겠는가. 인정하지 않을 수 없는 내 잘못 앞에서 그저 작아지며 용서를 구하는 것 말고…… 달리 해볼 수 있는 일이 또 있겠는가.

사과를 받는 쪽보다 하는 쪽에 자꾸 감정이입을 하게 되는 건 왜일까. 아무래도 내가 결백이라는 단어와 거리가 멀어서 그런 것 같다. 과거에서든 미래에서든 내가 결백하지 않을 가능성은 너무 많다.

나의 절친들이 나눈 대화 중 특히 소중한 부분을 함께 읽고 싶다. 우정에 관한 최고의 에세이인 『친구의 표정』(위즈덤하우스, 2024)에서 안담과 이끼는 이런 문답을 주고받는다.

하루는 통성명을 하는 기분으로 이끼에게 물었다. 조금은 기대감에 부푼 마음으로.
"혹시 잘못한 쪽이었던 적 있어요?"
"나는 항상 그쪽이에요. 늘 그런 기분이에요."
"억울함에 관해서는 어떻게 생각해요?"
"그럴 주제가 아니라고 생각하지요."
그건 모두 정답이었다.

이후 그들은 잘못한 사람의 친구로 남는 미래에 대해 이야기를 나눈다. 친구의 커다란 잘못이 세간에 알려져서 비난을 받게 되면 서로의 증인이 되어주자고. 그런데 상상 속에서도 둘은 '걔가 그랬을 리가 없다'라고 쉴드 쳐주지 않는다. 오히려 '걔는 그러고도 남을 애'라는 것을 시인하며 출발하자고 말한다. 왜냐하면 그것이 진실이기 때문이다. 안담은 이렇게 쓴다. "우리는 알고 있다. 우리가 그랬다는 것을."
둘의 대화는 돌이킬 수 없는 잘못을 저지른 사람들 쪽으로,

잘못한 기분으로 살아가는 게 뭔지 아는 사람들 쪽으로 깊어진다. 두 사람의 이야기가 가슴 아프지만 나는 알고 있다. 바로 그런 애들이라서 지니게 되었을 독특한 엄격함과 너그러움이 내 믿을 구석이고 비빌 언덕이라는 걸. 그들은 내가 과오를 고백하는 날에 '네 잘못이 아니야'라고 섣불리 말하지 않는다. 그저 잘못한 나의 친구로서 함께 있는다. 후회에 일가견이 있는 벗이 줄 수 있는 최고의 존재감일 것이다.

잘못한 사람인 채로, 그걸 스스로도 너무 잘 아는 채로 자기 자신을 견디고 있을 사람을 생각하면 마음이 쓰인다. 만약 오늘 당신이 한심한 실수를 하고, 사과 메일을 쓰고, 수습하느라 진이 다 빠지는 하루를 보냈다면 저녁엔 당신 옆에 그 고생을 들어줄 사람이 있었으면 좋겠다. 다시는 하고 싶지 않은 실수를 그의 옆에서 뼈아프게 곱씹는 동안 당신이 기억했으면 좋겠다.

다음, 그리고 또 다음이 있다는 것을.

 **열여섯번째 비기**

"가끔 나는 탁 트인 해변에
데려다놓은 개처럼 카톡을 쓴다."

# 인생을 바꾸는 카톡 쓰기
## -이메일 응용 편

### 1. 남의 집안싸움 중재

일하는데 심상치 않은 연락이 빗발쳤다. 오랜 친구 김의 카
톡이었다. "하… 스발ㅜㅜ 진짜 엄마는 왜…"와 같은 글자들이
알림창에 쌓이는 걸 보니 또 모녀 전쟁이 발발한 모양이었다.
김은 그다지 유별난 편이 아니다. 그냥 맨날 도시락 싸서 회사
다니는 삼십대. 우리 엄마가 봤으면 어쩜 그리 부지런하고 살
뜰하냐고 미더워했을 여자애. 그런 여자애도 자기 엄마랑은
싸운다. 잊을 만하면 서로의 속을 뒤집어놓는 게 부모 자식 관
계란 걸 계절에 한 번씩 실감하는 우리다.

소박하게 차근차근 일상을 꾸리는 내 친구 김과 달리, 김의 엄마는 아주 화끈한 대장부 스타일이다. 얼마나 화끈하냐면 멀쩡히 잘살고 있는 김의 집 문제를 한마디 상의도 없이 결정해버릴 정도다. 그가 수십만 명을 이끄는 전장의 장군이었다면 좋았으련만, 누구의 통솔도 원치 않는 김은 엄마가 대차게 친 사고를 수습하고자 이리 뛰고 저리 뛰어야 했다. 환장하게 서럽다는 김의 채팅에 흠뻑 몰입하지 않을 도리가 없었다. 나도 딸이라서.

**김** 엄만 아직도 뭘 잘못한 줄 몰라 모든 일을 내 의사와 상관없이 진행시키고 그 과정에서 상처도 많이 줌ㅠㅠ 그래서 엄마 얼굴 안 보고 있음

**슬** 너무 그럴 거 같음ㅠㅠㅠ

**김** 이번 일로 엄마가 내 삶을 못마땅해하는 것이 드러나서 그게 젤 속상함ㅠㅠㅠㅠ

**슬** 더이상 엄마한테 상처받을 짬바가 아니어야 할 것 같은데 우리 왜 아직두 이 모양임?

**김** 그래놓고 이번 주말에 갈비찜을 먹으러 오라는 거여

**슬** 갑자기 분위기 갈비찜?

**김** 안 간다고 말해도 무조건 오래 걍 명령조야

슬 너 사춘기 때도 말 잘 들었냐

김 그런 편

슬 어쩐지 엄마가 아직도 안 꺾이신 게 신기하다 했어 딸이 자기 맘대로 안 됐던 적이 없으셨나부다

김 그동안 엄마랑 한 번도 제대로 안 풀고 넘어왔다는 걸 알게 됨

슬 우리 엄마들 나이들었으니까 어떤 못난 부분은 걍 포기해 놓아주자 렛잇고

김 엄마한테 사과해달라고 말하려니까 눈물부터 나올 거 가타 ㅠㅠ

슬 엄마랑 어긋나면 눈물나지 ㅠㅠ 나랑 제일 가까운 인간인데 이렇게 실망스럽다는 게…

김 엄마 땜에 우는 것도 지겹다 지겨워

슬 한번 웃으면서 말해봐 "난 행복해~ 제발 엄마두 나 그만 신경 쓰고 행복해지라구~^^"

김 아 웃기네 짜증나게

슬 "엄만 그렇게 생각하는구나~ 내 생각은 달라~~ 그래두 고마워 사랑해~~~^^*"

김 웃는 자가 일류다

슬 사실 울면서 말해도 되긴 하는데… 너무 눈물날 것 같으면 편지를 쓰는 게 어때

김 하 그럴까… 뭐라고 쓸지 막막해 그냥 거리 두고 안 보고 지낼

까봐ㅠ

슬　어차피 엄마한테 모질게 못 굴잖아 너 센 척해봤자 약하니까

김　스발 맞어…ㅠ 하 근데 엄마는 왜 사과를 안 해 도대체…


　그 카톡을 마지막으로 우리의 대화는 중단되었다. 나의 마감이 너무 급했기 때문에. 친구도 이런 내 사정을 훤히 알았다.

　나는 카톡창을 닫고, 방해금지모드로 해두고, 써야 할 원고의 문서창을 골똘히 바라보았다. 정말 골똘히 바라보았다. 그런데 자꾸 친구 생각만 나는 게 아닌가. 걔를 나보다 천배쯤 더 사랑할 친구 엄마의 마음도 조금은 헤아려지고 말이다. 친구 엄마는 그저 너무 터프하고 쑥스러워하는 사람일 뿐인지도 모른다. 단지 딸에게 사과하는 법을 모르는 강인한 여자…… 그 여자를 딸이 먼저 와락 껴안아버리면 어떻게 되는 거지.


　정신 차려보니 친구 엄마한테 쓰는 편지 한 통을 완성해버린 뒤였다……

　본디 마감이 코앞일수록 이렇게 되어버린다……

　다시 김과의 카톡창에 들어갔다.


슬　정말 사과 받고 싶으면 편지를 이렇게 보내봐

"엄마. 육십 년간 치열하게 살아오느라 정말 고생 많았어. 우리 남매 키우고 할머니 할아버지 모시느라 강한 사람으로 지내는 바람에 놓친 것도 참 많았겠지. 엄마여도 어떻게 해야 할지 헷갈리는 순간이 잦았을 거야.

우리처럼 가까운 사이여도 엄마가 미처 모를 수 있을 것 같아서 알려주고 싶어. 엄마를 무지 사랑하거든. 엄마. 이럴 땐 딸한테 미안하다고 말해야 해…… 내 공간과 내 생활을 엄마 마음대로 결정해 버렸기 때문이야. 아무리 나를 위한 일이라고 해도 말야. 나는 엄마에게 사과할 용기가 있다고 믿어. 엄마는 용감한 사람이니까.

지금 당장 그 용기를 못 낸다고 해도 난 계속 엄마를 사랑하겠지. 하나뿐인 딸이잖아. 그치만 엄마. 사과해준다면 우린 앞으로 훨씬 더 많은 얘길 하며 살아갈 수 있을 거야.

사과 못 받더라도 난 꼭 행복하게 지내려고 해. 엄마가 튼튼하게 키워준 덕분에 그 어느 때보다 건강하고 내 삶이 참 좋거든. 엄마. 그럼 갈비찜 맛있게 먹어. 사랑해."


그러자 친구는 이렇게 대답하면서 울었다.


**김**　저 편지는 내가 받고 싶다…

230

그런 딸이 우리뿐일까. 이씨 성을 가진 딸도 최씨 성을 가진 딸도 마찬가지일 것이다. 나 역시 우리 엄마랑 종종 싸우고 심지어 우리 엄마도 외할머니랑 종종 싸운다. 아마 외할머니조차도 본인 엄마랑 싸웠을 것이다. 어떤 일은 해결되었겠지만 어떤 문제는 골이 깊은 채로 영원히 남아 있을 테다. 얼굴을 보지 않고 살아가는 게 더 나은 가족도 세상엔 있다. 그래도 무수한 모녀가 결국 서로를 보기로 한다. 그래도, 그래도.

얼마 후 김에게서 또 카톡이 왔다. 김의 엄마를 담은 사진이었다. 사진 속 대장부는 육십번째 생일 케이크 앞에서 웃고 있다. 어린이처럼. 할머니처럼. 나는 우리 엄마랑 비슷한 주름을 그 얼굴에서 본다.

**김** 결국 편지 보냈고 잘 풀었어… 특히 '그래도 사랑할 거야' 그 부분 강조했었다…

내 원고 마감은 늦어버렸지만 친구 엄마는 다행히 늦지 않게 사과한 것 같았다. 친구가 말했다. "확실히 작가는 달라~" 김이 킥킥대고 있단 걸 안 봐도 알 것 같았다. 걔는 나를 놀릴 때만 작가라고 부르니까.

## 2. 소심한 남사친과 대범한 일 해내기

또다른 친구인 단의 결혼이 다가오고 있었다. 지난 십수 년 간 그가 뭔가를 부탁하는 모습은 본 적이 없었다. 단은 민폐 끼치거나 실례하는 걸 극도로 조심하는 사람이다. 남에게 부담을 주느니 직접 무던히 다 해버리고 말 사람. 걔의 깊은 속을 생각하다보면 왠지 마음이 찡해지는 예쁜 여자애. 그런 애가 처음으로 나한테 부탁한 게 있다. 뭐냐 하면 바로 결혼식 축가다…… 아무리 단이라 할지라도 축가까지 알아서 부르기란 쉽지 않았을 거다.

내가 부른다면 분명 마음이 듬뿍 담긴 축가가 될 것이었다. 고등학생 때부터 단을 사랑해왔으니까. 하지만 바로 그 이유 때문에 걱정이 되었다. 나는 울지 않을 자신이 없었다. 식장에 선 단이랑 마주보는 상상만 해도 목이 메는데 노래까지 한다면 무슨 수로 염소 창법을 피해 간단 말인가? 게다가 내 노래는 그렇게 훌륭하지도 않은데……

사실 노래를 진짜 잘하는 애는 따로 있었다. 바로 단과 나의 공통 친구인 손이었다. 헌데 어째서 단은 손 말고 나를 먼저 찾았을까? 그야 손이 손사래 칠 게 뻔하기 때문일 테지. 손에게도 단은 무지 애틋한 친구라 까딱하면 눈물날 텐데, 여러 사람 앞에서 고개 드는 것조차 힘들어할 손이 눈물 섞인 노래를 불러줄 리가 있겠는가? 울면서도 부를 용기가 내겐 있고 손에게 없어 보였을 것이다.

하지만 실은 내게도 쉽지는 않은 일이었다. 불현듯 서재에서 『자기방어술』을 펼쳐들었다. 1989년에 출간된 이 문제작에는 세상의 풍파로부터 내 몸을 지키는 호신술과 피치 못할 경우 상대를 효과적으로 공격하는 기술이 백 개도 넘게 담겨 있다. 멋진 공격뿐 아니라 다소 치사한 방법으로 상대의 허를 찌르는 꿀팁을 전수하는 페이지에서 이 책의 진가가 드러난다.

나는 책을 읽다가 손과의 카톡창에 들어갔다. 배우 고경표 님이 부르는 〈...사랑했잖아...〉 라이브 영상 링크를 보내며 물었다.

슬  이 노래 호야, 불호야?

노래를 듣고 온 손은 '불호일 수가 있냐'며 '너무 좋다'고 연신 말했다. 그럴 법했다. 너무나 딱 애절하면서도 담백하고 뛰어나서 온 국민의 마음을 사로잡은 무대니까. 나는 거기서 그치지 않고 본론을 꺼냈다.

슬  근데 난 이거보다 니 노래가 더 좋아…

손은 대답이 없었다. 필시 당황하고 있는 것이었다. 기세를 이어 손을 압박해나가기 시작했다.

**슬**　나는 눈물이 날 게 뻔한데도 단한테 축가를 불러주기로 했어. 왜냐하면 내가 창피한 게 대수인 자리가 아니기 때문이야.

손은 계속 대답을 썼다 지웠다 하고 있었다. 그러거나 말거나 핵심을 찔렀다.

**슬**　넌 뭘 줄 거야?

내가 던지는 직구에 손은 속절없이 신음했다.

**손**　으……

바로 그 부분이 손의 약점이었다. 『자기방어술』에서 말하는 위크weak 포인트 말이다. 손은 소심하지만 내 친구 중 가장 사람의 도리를 중시하는 자다. 그가 뭔가를 해야만 하는 이유를 '도의적으로' 설득한다면 맥을 못 출 게 분명했다. 방심하고 서 있다가 뒤에서 누가 무릎을 툭 쳤을 때처럼.

슬  염소 소리로 노래해서 부끄러운 게 그렇게 대수야? 우리 체면이 단이 행복보다 더 중요해?

손  으아……

슬  도대체 단이 말고 누구를 위해 염소가 될 건데?

손  아니……

슬  세상엔 그냥 해버리면 좋은 일들투성이야. 넌 그중에 한두 개만 하지.

손  그게……

슬  너의 용기 없는 인생. 오래 지켜봐왔어. 그치만 난 알아. 네가 진짜로 중요할 땐 꼭 용기를 낸다는 걸.

손  하… 노래 망쳐서 결혼식에 피해가 될까봐 그렇지…

슬  망치면 어때. 평생의 이야깃거리가 될 텐데. 그게 삶의 재미라고.

손  하아……

슬  걔가 결혼을 대여섯 번 할 것 같으면 이런 말 안 해. 딱 보니까 한 번 할 것 같잖아.

손  음……

슬  제대로 된 대답을 해.

손  으… 조금만 시간을 주지 않으련…

슬  10분 안에 대답해.

손에겐 반드시 제한 시간을 정해줘야 한다. 안 그러면 10년 동안 고민할 수도 있다. 나는 오랜 친구를 압박해놓고선 기다렸다. 절대로 나대지 않는 자신과, 너무나 부담스러운 무대에 처음 오르는 자신 사이에서 이리저리 갈등하고 있을 손의 모습이 눈에 선했다. 하지만 손은 생각할 것이었다. 자신뿐 아니라 슬아에게도 용기가 필요한 일이란 걸. 대답은 정확히 9분 만에 돌아왔다.

**손**  …하자.

그 대답을 듣고 난 뒤 나는 유료로 산 이모티콘을 손에게 잔뜩 쏟아부었다. 방방 뛰며 반기고 기뻐하는 내게 손은 말했다. "창피한 게 대수인 자리가 아니기 때문"이라는 전제가 너무 강력해서 설득당하지 않을 수가 없었다고……

무려 손이 축가를 수락했다는 예상치 못한 빅뉴스를 전해 들은 안은 나에게 노벨압박상을 수여하고 싶다고 했다.

그렇게 성사된 축가 무대에서 우리가 함께 부른 노래는 애니메이션 〈슬램덩크〉의 엔딩곡 〈너와 함께라면〉이다. 결혼식에 흔히 쓰이는 노래는 아니었으나 단의 행복을 빌어주기에 그보다 더 적절한 선곡이 있었을까 싶다. 300명의 하객 앞에서 우리는 예상했던 대로 떨면서, 음정도 나가면서, 눈물도 좀 맺히면서 노래를 완창하였다. 손은 노랫말도 한 번 틀렸는데 그런 건 하나도 상관없었다. 가사도 마침 "가끔 저지르는 실수도 너무 귀여워"였으니까.

인생은 이메일함에도 있지만 카톡창에도 있다. 그곳은 이메일함보다 사적이고 즉흥적이고 자유로운 장소다. 이메일에서 단련한 사랑과 우정의 기술은 어디 가지 않는다. 고도로 발달한 이메일 작성자는 다른 매체에서도 날아다니기 마련이다.

가끔 나는 탁 트인 해변에 데려다놓은 개처럼 카톡을 쓴다. 특히 친구와의 카톡창에서는 어떤 허례허식도 없이 사방팔방 질주한다. 그러다보면 어떤 날에는 맘 약한 친구가 엄마랑 화해를 하게 되고, 소심한 친구가 나랑 같이 무대에 서게 된다. 누군가에겐 시답잖은 일들일지 모른다. 그러나 누군가는 바로 이런 일들에 웃음 짓고 글썽일 것이다. 인생이 사실 작은 일들로만 이루어져 있다는 걸 눈치챈 사람들은.

 열일곱번째 비기

"누군가 날마다 상냥하다는 건 정말
뿌리깊게 강인하다는 의미다."

# 남편은
# 메일함에서 나타난다

할아버지로부터 전화가 왔다. 커다란 목소리로 그는 물었다. "훤이가 시인이냐?" 유튜브 보는데 손녀딸 남편이 나와서 갑자기 시를 낭독하길래 전화했다며, 희한한 일이라고 할아버지는 중얼거렸다. 마침 이훤은 옆에서 이어폰을 낀 채 곧 출간될 시집의 최종 교정본을 퇴고하는 중이었다. 아무래도 왕성하게 활동중인 시인이니 말이다. 나는 새삼스러워하며 "모르셨어요?" 되물으려다 멈칫했다. 생각해보니 할아버지는 모를 수밖에 없었다. 내가 말을 안 했으니까……

그건 거짓말이라기보다는 지혜로운 처세술이었다고 회고

하고 싶다. 할아버지에게 훤이를 처음 데려갔던 재작년에 나는 그를 '미국 일류 대학에서 기계공학을 석사, 박사까지 전공한 남성'이라고 힘주어 소개했다. 박사 과정은 졸업 직전에 때려치웠다는 사실과, 현재는 전공과 전혀 무관한 인생을 산다는 사실은 굳이 말하지 않았다. 나는 할아버지가 흥미로워할 정보가 뭔지 안다. '미국'이랄지 '일류 대학'이랄지 '석사, 박사' 같은, 훤이가 자신을 소개할 때 절대 언급하지 않는 바로 그 요소들이 할아버지에겐 번듯한 보증수표와 다름없었다. 일단 그는 미국과 관련된 무엇이라면 일단 좋아하고 본다. 게다가 기계공학이라니. 잘 몰라도 창창해 보이지 않은가.

우리 가족 중엔 가방끈 긴 사람이 아무도 없다. 아빠 쪽 친척 열네 명을 통틀어 나만 대학을 나왔다. 할아버지의 큰아들인 우리 아빠가 사십 년 전 학력고사를 망치고 응시한 예대의 실기시험에서 심금을 울리는 시 한 편을 써내며 문예창작과에 들어간 적은 있다. 근데 졸업은 못 했다. 대학 다니는 내내 할아버지가 몹시도 타박해서다. 글이 밥 먹여주냐는 타박이었다. 할아버지에게 남자는 가족을 먹여 살리는 사람. 그는 글로 가족을 부양하는 사람은 단 한 명도 못 봤을 것이다. 시를 쓰겠다는 건 거지가 되겠다고 선언하는 것과 같았다. 아빠는 대학을 중퇴하고 생업 전선에 복무하며 시는커녕 편지 한 줄도 안 쓰고 살았다.

하지만 이삼십 년 후 나는 엄마 아빠가 못 한 양까지 다 해버리겠다는 듯 너무 많은 글을 쓰는 사람이 되어버리고 만다. 그걸로도 모자라 멀쩡한 직장 관두고 시를 쓰고 앉아 있는 남자를 할아버지 앞에 데려왔다. 월드 클래스 기계공학 전공 박사이자 사진가라고 대충 얼버무리면서, 시인이라는 단어만 쏙 빼고 소개한다. 굳이 다 말할 필요가 있을까. 할아버지에게 시인은 제대로 된 직업도 아닐 텐데.

알고 있다. 보통 이런 걸 거짓말이라고 한다는 걸.

그치만 할아버지에게 정확하게 말하지 않는다고 해서 이훤의 어딘가가 훼손되지는 않는다. 그의 평가 따위 아무래도 상관없으니 말이다. 이훤에게도 미리 일러둔 참이었다. "내가 뭐라고 소개하든 신경쓰지 마. 어차피 우리 할아버지는 바보니까." 이훤은 뭐든지 하고 싶은 대로 다 하라며 번지르르한 사윗감 역할을 기꺼이 해주었다.

헌데 그토록 구시대적인 할아버지의 귀에도 이훤의 시가 흘러들어가고 있었다. 김나영님에게 바친 시 한 편이 홈런을 쳐버린 바람에 이훤의 시 세계가 온갖 곳에서 회자된 것이다. 그토록 많은 이들이 시에 반응하는 것에 놀랐다. 가장 눈에 덜 띄는 매대에 시집이 놓이는 세상인데.

사실 시인과 결혼할 생각은 추호도 없었다. 결혼 생각도 딱히 없었거니와 배우자의 직업으로 시인을 희망하는 사람이 몇이나 있을까 싶다. 작가는 한 집안에 한 명으로 충분하다. 우리 집엔 이미 나라는 작가가 있지 않은가. 어떻게 해야 널리 읽히는 글을 쓸지, 어떻게 해야 한 권이라도 더 팔지 맨날 궁리하는 애. 뭔 소린지 모르겠는 문장 따위 쓰지 않는다. 반면 시인은 뭔 소린지 모르겠는 문장을 골라 쓰는 이들이다. 자기 책을 판매의 관점에서 물고 늘어지지 않는 작가들만이 그런 용감한 짓을 한다. 내 곁엔 멋진 시인들이 많지만, 시인이 제대로 된 직업이 아니라는 의견에 관해서라면 나도 할아버지와 생각이 크게 다르지 않다…… 나는 이훤이 시인이라서 결혼한 게 아니다. 시인임에도 불구하고 결혼했다……


화상 영어 수업으로 처음 만났을 때 이훤의 한국어는 어딘가 서툴렀다. 영어가 더 편해질 만큼 긴 시간을 미국에서 보냈기 때문이다. 고등학교 때까지 쓰던 모국어는 세월과 함께 희미해졌는지 때때로 아주 어색한 한국어를 구사하기도 했다.

그럼에도 그게 고픈 사람처럼 자꾸 말을 거는 이훤이었다. 낮과 밤이 반대일 만큼 멀리 있었던 탓에 카톡도 전화도 아닌 이메일로 늘 메시지를 남겨놨다. 혹여나 내 잠을 깨우지 않도록. 내 일에 방해되지 않도록.

**마음이 느슨할 때 열어봐**

방해될까봐 카톡 말고 이메일로 보내.

책 읽다가 들은 노래가 너무 좋아서.

겨우 몇 시간 전에 얘기했는데 왜 시간이 한참 지난 것 같지.

얼른 또 이야기하고 싶어.

환한 하루 보내고 있길 바라.

　_훤

메일 하단에 남겨진 건 최백호 선생님의 노래였다. 제목은 '바다 끝'. 과연 우리는 바다의 끝과 끝만큼 멀었다. 무려 태평양과 대서양이 우리 사이에 놓여 있었다. 한창 바쁘게 일하다 말고 하염없이 깊은 그 노래를 들으며 상상했다. 언젠가 진짜로 만나게 될까?

지금도 다 이해되지는 않는다. 왜 이훤이랑 결혼한 것인지. 이 기린 같은 남자애랑.

이훤은 친구였다. 시카고에서 줌으로 영어를 가르쳐주는, '이번 주의 단어'를 다섯 개씩 골라서 이메일로 보내주던 친구.

**11월 넷째 주의 단어**

찬찬히 언어를 초대하고 오래오래 익혀보자!


Clear

Value

Cherish

Manuscript

Down to earth


   1년 넘게 그는 매주 수많은 단어를 이메일로 보내주었다. 다시 생각해보면 첫번째 메일에 적힌 저 단어들이 꼭 우리 인생의 축약본 같다. 명징한(형용사일 때), 중요성(명사일 때), 소중히 여기다(동사일 때), 원고(명사일 때), 현실에 발붙인(형용사일 때)…… 우리는 줌으로 만나 새 단어를 곱씹고 예문을 만들며 영어를 익혀나갔다. 효율과는 거리가 먼, 아주 느리고 골똘한 영어 수업이었다, 이훤이 시인이 아니면 불가능했을 학습. 단어를 새삼스러워하는 능력에 관해서는 어떤 직업도 시인들

을 따를 수가 없을 것이다. 외국에서 긴 시간을 보낸 시인이라
면 더더욱.

이훤이 보낸 메일이 쌓여갈수록, 이훤 같은 애는 이훤밖에
없는 것 같았다. 이훤이 새삼스러워하는 건 단어만이 아니었
다. 아침마다 눈을 씻기라도 하는 것처럼 주변 사람과 세상의
디테일을 새삼스레 경이로워하는 애였다. 하루는 자고 일어나
니 이런 제목의 메일이 와 있었다.

### 이슬아가 천재인 이유

피식 웃으면서 메일을 열어보았는데 분량이 너무 길어서 깜
짝 놀라버렸다. 그 메일엔 내가 천재인 이유가 100개 정도 적
혀 있었다…… 심지어 100개 모두 진짜 진지한 이유였다……
그때 눈치챘다. 이훤과 나는 달라 보이지만 기본적으로는 동
족이란 것을. 이런 짓, 그러니까 문장으로 상대를 구름 위에 앉
히고 모시는 짓을 나보다 열심히 하는 사람을 만난 건 처음이
었다. 그렇다면 이훤도 알 것이었다. 이런 사람들 특유의 빛과
그늘을. 심지어 이훤은 내가 '특별 호명술'을 시전하기 전부터
이미 숨쉬듯 그런 제목을 쓰던 사람이다.

**작지만 끝내주는 출판사를 운영하는 슬아에게**

**오늘도 유일무이하게 재밌고 감동적인 강연을 마치고 집에 돌아왔**
**을 슬아에게**

**놀랍도록 사랑스러운 슬아에게**


마지막엔 이런 문장을 덧붙이는 것도 잊지 않았다.

"오래 살아라. 멋지고 야한 젊은이."


이훤이 잠깐 한국에 들어왔을 때, 그리하여 1년 만에 드디어
처음 만났을 때 우리는 '문학살롱 초고'에서 맛있는 술을 나눠
마셨다. 말은 안 했어도 그건 역시 데이트였던 것 같다.

확실히 해두지 않았던 건 이훤과 정식 연인이 되는 게 두려
웠기 때문이다. 멀리 사니까. 이변이 일어나지 않는 이상 이훤
은 미국에서 안정적인 교수가 될 예정이었다. 연애를 한다면
이래저래 복잡해질 터였다. 왜 나서서 롱디를 하겠는가. 가까
운 상대들과 데이트하기에도 시간이 모자라는데 뭐가 아쉬워
서……

하지만 역시 아쉬웠다. 여름이 지나고 이훤이 떠나고 가을
이 온 뒤에도 나는 쭉 이훤을 생각하고 있었다. 초고에 혼자 들
를 때마다 확인하는 건 커다란 없음이었다. 다시없을 대화들.

상대가 오직 이훤이라서 가능했던 말들. 부드러운 나무를 꼭 껴안는 느낌 같은 것. 떨쳐버리려고 책을 펼쳤다. 그런데 어느 페이지를 펼쳐도 이훤과의 과거와 미래만을 생각하게 되는 것이었다.

어떤 시차도 없이 현재를 보내고 싶었다.
걱정 말고 사랑을 하고 싶었다.
곤히 잠들어 있을 새벽의 이훤에게 짧은 메일을 보냈다.

**곧 잠에서 깨어날 너에게**
초고에 앉아 강지이 시인의 시집을 읽었어. 여름을 지나 겨울을 향해 가는 지금, 너에게 꼭 하고 싶은 말이 이 시집에 적혀 있었어.

여름 샐러드를 먹으면서
흰 눈이 쌓인 운동장을 함께 달리자.
우리에게 무슨 일이 있고, 또 있었더라도
우린 앞으로 잘 달릴 수 있다.
그런 믿음은 이상하게도 잘
사라지지 않는다.
_강지이 시집『수평으로 함께 잠겨보려고』시인의 말

그런 메일을 보내고 나면 서울엔 밤이 오고 시카고엔 해가 떴다. 이휜이 아침에 일어나 쓴 메일은 내가 잠든 사이에 도착해 있었다.

**초고에 들어서며 기쁘고 슬펐을 슬아에게**
눈뜨자마자 네 이름으로 도착한 아름다운 문장을 읽었어. 요즘 내가 누릴 수 있는 가장 큰 기쁨이야. 더 바라는 것이 없어.

어젯밤엔 마음을 달래려 혼자 오랜 산책을 했어. 조금 슬픈 표정이었던 것 같아. 도로 한복판에서 갑자기 나타난 친구들을 보았어. 내이름을 부르며 다가오는 이들을 보고 이렇게 나타나주었으면 하는 너를 떠올렸어.

식당에서 밥 먹던 두 사람이 날 발견하고 거듭 불렀다는데, 이어폰 끼고 하나의 이름만 생각하며 걷느라 듣지 못했나봐. 친구들이 뛰어와서 잘 돌아왔다고 환영해주었어. 돌아온 걸까. 실감이 안 났어. 나는 아직 너랑 서울을 걷고 있고, 널따란 책상에서 등을 곧게 편 채 글을 쓰는 네 옆에 앉아 있는데.

여름이 어땠냐는 질문에 아름다운 시간을 보냈다고 대답했어. 아주

긴 이야기를 들려주고 싶다는 생각을 잠시 했지. 너무 아름다운 사람을 만나고 왔다는 이야기를. 언젠가 너에 관해 말할 수 있을까?

초고에 들어서며 기쁘고 슬펐을 너를 생각해. 같이 갔던 날이 떠올라서 나는 마음이 잠시 멈추는 것 같았어. 그럼에도 불구하고, 너를 그리워할 수 있다니 영광이야. 너처럼 근사한 사람을 그리워할 수 있다는 게.

통화할 수 있다면 좋겠다. 어떤 가을을 통과하고 있는지 듣고 싶어.
_훤

나보다 열네 시간 느리게 하루를 시작하는 지구 반대편의 사람. 가을이 지나고 겨울이 지나고 봄이 될 때까지 그애랑 이메일을 주고받았다. 이훤의 메일을 받으면 하루종일 외롭지가 않다는 게 신기했다. 어떻게 이메일만으로도 내 마음을 꽉 채울 수 있을까. 그렇게나 멀리 있는데,

이듬해 이훤은 한국으로 국제 이사를 하게 된다. 오로지 나랑 가까이 살기 위해서였다. 그 결정 때문에 이훤이 무엇을 얼마만큼 포기했는지 나는 아직도 다는 모른다.

함께 살게 된 뒤로 나는 이훤을 사전처럼 쓰곤 한다. 무슨 일을 겪을 때마다 이런 상황은 영어로 뭐라고 말하는지 묻는 것이다. '좆같네'는 영어로 뭐야? '하나 마나 한 소리'는 뭐라고 해? '입에 가시라도 돋친다는 듯이'도 영어로 말할 수 있어? 그건 영어를 암기하기 위한 질문이 아니다. 한국말을 더욱 꼭꼭 씹기 위한 질문이다. 우리는 세상의 온갖 말들을 새삼스레 곱씹다가 서로를 사랑하게 되었다. 영어 수업인 줄 알았는데 실은 시 수업이었던 건지도 모른다.

내가 물어볼 때마다 이훤은 아무리 바빠도 상냥하게 하나하나 알려준다. 정확히 꼭 들어맞는 표현이 있을 때든 없을 때든 내 질문이 정말 소중하다는 듯이 대답한다. 그런 상냥함은 매일 봐도 놀랍다. 누군가 날마다 상냥하다는 건 정말 뿌리깊게 강인하다는 의미다.


아침이면 우리 중 하나가 질문한다. 오늘 하루 어떻게 보내고 싶냐고. 주로 먼저 깬 사람이 물어보는데, 피곤하거나 울적해서 그냥 넘어갈 경우 늦게 깬 사람이 꼭 챙겨 묻는다. 이 질문을 생략하는 날은 없다. 기분이 별로인 아침에도 그런 질문을 받고 나면 자기도 모르게 낙관을 담아 대답하게 된다.

"글을 처음부터 고쳐야 되지만 가뿐하게 해내고 싶어.""아빠가 수술하는 날이니까 다정한 전화를 하고 싶어." "북토크에 다섯 명밖에 안 오지만 오백 명 온 것처럼 근사하게 하고 싶어." 누구도 쓰레기 같은 하루를 보내고 싶다고 대답하지 않는다. 그 질문엔 그런 힘이 있다.

"영어로는 어떻게 물어봐?"

내가 또 물어보면 이횐이 잠시 생각하다가 대답한다.

"여러 선택지가 있을 텐데, 나라면 이렇게 물어볼 것 같아. 'How do you want to cherish this day?'"

나는 입속에서 새삼스레 그 동사를 굴린다. 체리쉬…… 체리쉬…… 아끼다…… 소중히 여기다……

단어를 굴리면서 나는 천천히 이해하게 된다.

이횐이랑 같이 살면 소중한 걸 소중히 여기게 된다는 걸.

소중한 걸 소중히 여기고 싶은 본능 때문에 이 결혼을 하게 되었다는 걸.


다시, 전화기 너머엔 할아버지가 있다. "횐이가 시인이냐?"라는 질문에 나는 아니라고 둘러대려다가 만다. 시를 취미로 쓰는 기계공학 박사라고 거짓말하려다가 관둔다.

"시인 맞아요."

내가 대답하자 할아버지는 말이 없다. 번지르르한 어필을 덧붙이려다가 딱 한마디만 더 한다.

"말을 참 예쁘게 해요."

할아버지가 그러냐고 묻는다. 올해로 그의 나이 여든다섯이다. 할아버지가 죽기 전에 나처럼 이훤의 시를 좋아하게 될 날이 올까? 이훤이 완성한 책엔 믿을 수 없는 제목이 적혀 있다. '청년이 시를 믿게 하였다'는 꿈같은 문장. 시와 상관없어 보이는 아주 많은 것들이 청년으로 하여금 시를 믿게 했다는 이야기로 그 책은 시작된다. 할아버지로 하여금 시를 믿게 하는 건 무엇일까? 시를 쓰지 않는 손녀딸이 해낼 수 있을는지. 손녀딸이 사랑하는 시인 남편은 어쩌면 해낼지도 모른다.

내가 시를 믿고 있다면, 아닌 척해도 실은 이미 믿고 있다면, 그건 이훤이 쓴 이메일 때문일 것이다. 이메일로 매주 다섯 개씩 배달되던 타국어와 모국어가 시를 믿게 하였다. 찬찬히 언어를 초대하고 오래오래 익혀보자는 이훤의 제안이 시를 믿게 하였다. 메일함에 그가 처음 나타난 날로부터 지금까지, 서서히.

# $a$ 열여덟번째 비기

"현피를 떠도
끌릴 게 없다."

# 이메일을
# 그만 써야 할 때

하루는, 이메일에 ㅋㅋ나 ㅎㅎ를 써도 되냐고 복희님이 물었다. 생각지 못한 질문이었다.

　"업무중엔 웬만해선 안 쓰는데……"라고 대답하다가 문득 친한 동료들과의 이메일에서 내가 얼마나 ㅋㅋㅋ를 남발하곤 하는지 떠올라버렸다.

　"정 쓰고 싶으면 써도 돼요. 언제 쓰고 싶은데?"

　"문장만 쓰면 정 없어 보일 때 있잖아. 카톡에서두 요새 다들 마침표를 안 찍구 ㅋㅋ나 ㅎㅎ를 붙이던데?"

　뭔가 예리한 생각이 찾아왔는지 복희님의 눈알이 바쁘게 돌아갔다.

"근데 내 느낌에, ㅋㅋ랑 ㅎㅎ는 다른 거 같애."

"뭐가?"

"ㅋㅋ는 진짜 웃겨서 웃는 느낌인데…… ㅎㅎ는 뭐랄까…… 좀 실없는…… 가식적인 웃음?"

흥미로운 분석이었다.


기억을 더듬어보니 ㅋㅋ보다는 ㅎㅎ가 조금 더 예의를 차리는 이메일에서 쿠션처럼 쓰이는 경우가 많았다. 문득 궁금해져서 이메일 검색창에 ㅎㅎ를 넣어보았다. 그러자 미소 짓는 느낌을 전하고 싶었던 친절한 사람들의 이메일이 수두룩하게 발견되었다. 한편 ㅋㅋ를 검색해보니 유독 한 사람의 이름이 자주 눈에 띄었다. 바로 이연실 편집자였다. 그는 하나의 메일에서 ㅋ를 최대 36회까지 사용하는 반면, ㅎㅎ를 쓰는 경우는 일절 없었다. 웃을 때 확실하게 킬킬대며 웃자는 태도가 팍팍 전해졌다. 생각해보면 나도 왠지 ㅎㅎ는 잘 쓰지 않았다. 한 번쯤 사람들을 ㅋㅋ인간과 ㅎㅎ인간으로 분류해보면 어떨까. 분명히 느슨한 공통점을 발견할 수 있으리라.


복희님은 이메일을 쓰기 시작한 지 오래되지 않았지만 자기 나름의 취향과 지조가 있었다.

"ㅎㅎ는 왠지 쓰기 싫어. 발음부터가 힘없이 새어나오잖아."

"엄마 맘대로 해요. 근데 ㅋㅋ는 또 너무 격 없는 느낌이니까……"

나는 고민하다가 복희님에게 특수문자 사용을 제안했다. 특수문자가 지나치게 많이 쓰인 메일은 정신 사납지만 딱 적절할 때 한두 번씩 쓰이면 이메일이 좀더 따뜻해지는 효과가 있기 때문이다. 내가 무척 존경하는 신형철 선생님과 이메일을 주고받을 때였다. 시대를 대표하는 평론가이자 너무나 뛰어난 문장가인 그에게 이메일을 쓴다는 생각에 평소보다 긴장을 많이 했는데, 그로부터 돌아온 답장 끝에 의외의 특수문자 (^.^)가 적혀 있어서 왠지 치였던 적이 있다. '신형철 선생님…… 친절하고 귀여우시잖아…… 게다가 요즘 젊은이들이 잘 안 쓰는 특수문자의 조합이라서 더 귀엽다고……' 나는 대가에게 받은 특수문자가 좋아서 방방 뛰었다.

그래서 복희님의 미감에 맞는 특수문자를 함께 고민해주었다. 맘에 드는지 안 드는지 그의 피드백을 들어가면서 ^^를 지나치고(중년들이 너무 흔히 써서 싫어) ^.^도 지나치고(얼굴이 너무 홀쭉한 느낌이야) :)도 지나치고(뭔지 모르겠어) 결국 ^_^에 다다랐다(딱 적당히 예쁜 것 같아). 그날 이후 복희님은 미소를 표현하고 싶을 때마다 문장 끝에 ^_^를 사용한다.

이게 다 이메일에 소리가 없어서 하는 짓들이다. 소리 없는 문자언어에 어떻게든 뉘앙스를 담아보려는 사람들의 노력이 애처롭고 귀엽다.


한편 시각장애인 독자님들에겐 이메일이 음성언어일 것이다. 지금 쓰는 이 문장도 컴퓨터가 자동변환해주는 목소리, 그러니까 나와 너무 다른 기계음으로 그의 귀에 들어갈 거라고 생각하니 기분이 이상하다. 시간이 허락하지 않겠지만 가끔은 한 줄 한 줄 내 목소리로 다시 읽어드리고 싶은 마음이 든다.

가끔은 이메일을 쓰려다 말고 전화를 건다. 그럼 목소리가 들린다. 이메일에서는 들을 수 없었던 개개인의 목소리, 특유의 억양과 텐션, 주변의 소음 혹은 적막을 비로소 듣게 된다. 그제야 내게 쏟아지는 다양한 정보에 놀라며, 이메일이 얼마나 단면적인 매체였는지 실감하며 통화를 이어간다. 어떤 사람은 늘 운전을 하고 있기 때문에 통화에서 늘 차의 내부 소리가 들려온다. 어떤 사람은 아주 조용한 출판사 사무실에서 근무중이라 최대한 소곤소곤 말한다. 다른 이의 업무에 방해되지 않도록 목소리를 낮추는 와중에도 숨겨지지 않는 어떤 달뜸, 떨림 같은 게 전해질 때 무척 반갑다.

모두가 재택근무를 하던 시절에는 통화 건너편에서 아이 소리가 들려오기도 했다. 아이가 울거나 떠들면 그들은 늘 죄송하다고 연신 사과했는데, 정말이지 펄쩍 뛰며 사과하지 않으셔도 된다고 말하고 싶었다. 어린이는 원래 자주 울고 웃고 떠든다. 우리 모두 한때는 그런 어린이였다. 육아와 근무를 곡예하듯 병행하는 상대와 일할 땐 그저 듬뿍 응원하고 싶은 마음뿐인 것이다. 전화로는 표정을 전할 수 없으니까 목소리에 온도를 담으려고 애쓴다. 조금 고마울 때든 아주 고마울 때든, 일을 사양해서 미안할 때든, 정중하면서도 단호하게 뭔가를 거부하고 싶을 때든 내 태도를 오해 없이 전하기 위해 어조를 신경써서 말한다. 이메일로도 문장의 온도를 조절하긴 하지만 전화만큼 즉각적이고 직관적일 수는 없을 것이다.

때로는 이메일을 쓰지 않는 사람과 일해야 할 때도 있다. 앞선 글들에서 섭외 성공 사례로 소개한 인터뷰이들은 모두 이메일을 능숙하게 쓰는 청년층이나 장년층이었다. 그러나 노년층의 이웃 어른들을 섭외할 적에는 나의 그런 섭외력이나 필력 따위 하등 쓸모없어지는 것이었다. 응급실 청소하시는 70대 여성, 평생 농사지어온 60대 여성, 내가 단골로 다니는 수선집을 운영하는 80대 여성…… 그들에게 이메일 주소 같은 게 있을리 만무했다. 혹여나 있다고 하더라도 메일을 수시로 확인할 여력은 없을 것이었다. 그들은 핸드폰도 어쩌다 한 번씩만 확인한다. 손이 늘 바쁘니까. 빗자루와 양동이와 걸레, 호미와 낫과 트랙터, 실과 바늘과 가위를 집어들고 움직이느라 손이 비는 시간이 드물 테니까. 이메일은 책상 노동자들의 특권이자 굴레다.

27년간 이대목동병원 응급실을 치워온 청소 노동자 이순덕 선생님을 섭외할 때였다. 같은 병원에서 일하시는 응급의학과 전문의 남궁인 선생님으로부터 이순덕 선생님의 연락처를 전해 받았다. 그를 취재하고 싶다는 작가가 있다고 전하자 선생님께서 알았다며 전화번호를 넘겨주셨다고. 노년의 인터뷰이에게 거는 전화가 처음이었던 나는 약간의 대본을 준비했다. 충분히 예의바르게 느껴지도록 신경써서 적은 말들이었다. 전화를 걸자 선생님은 긴 세월이 느껴지는 목소리로 응답하셨다.
"여보세요?"
나는 준비한 대로 선생님께 차근차근 용건을 말하기 시작했다.
"이순덕 선생님, 안녕하세요. 저는 이슬아 작가라고 합니다. 선생님에 관한 이야기를 책에서 읽고 커다란 존경심이 생겨서

전화 드렸습니다. 다름이 아니라 제가 선생님께 인터뷰 요청
을 드리고자……"

그런데 선생님은 내 목소리가 잘 안 들리시는지 버럭 되물
었다.

"뭐라꼬?!!"

나는 목소리를 더 키워서 설명을 이어갔다.

"네 선생님! 제가 인터뷰집을 집필중인 작가인데요! 선생님
의 직업에 관해 이야기를 듣고 싶어서 취재 요청을……"

"뭐라꼬?!!! 작가라고?!!"

날이 갈수록 귀가 어두워지는 우리 할아버지 어투와 아주
흡사했다. 선생님은 1950년생이었다. 내가 뭐하는 작가인지
알 게 뭐란 말인가. 준비했던 정중한 말들을 모두 내려놓고 아
주 그냥 핵심만 전달하기로 했다. 잘 못 듣는 나의 할아버지에
게 고함치며 말하듯 외쳤다.

"한번 만나뵙고 싶습다!!! 언제 시간 되세요??!!"

그러자 선생님은 다음주 월요일 점심시간에 찾아오라고 일
러주셨다.


그토록 투박한 섭외와 진한 만남들을 쌓아 『새 마음으로』를
썼다. 이순덕 선생님은 그 책을 여는 중요한 첫번째 인터뷰이

였다. 모든 인터뷰이들을 존경하지만 순덕 선생님과의 대화는 특히 대체 불가한 데가 있다. 온갖 우여곡절을 겪으며 응급실 청소 노동자라는 자리를 지켜온 선생님의 인생은 말문이 막힐 정도로 아름답고 험한 이야기였다. 책이 나오자마자 선생님께 보내드리려고 카톡을 전송했다.

보고 싶은 이순덕 선생님. 안녕하세요. 이슬아 작가입니다. 선생님 덕분에 책이 완성되었어요. 이순덕 선생님이 주인공인 책이에요. 고이고이 포장해서 보내드리려고 합니다. 주소를 알려주실 수 있을까요?

그런데 답장이 오지 않는 것이었다. 병원 청소 일이 너무 바쁘신가, 혹시 어디 아프신 건 아닌가 걱정하며 잠자코 기다렸다. 답장은 2주 뒤에야 돌아왔다. 이순덕 선생님의 번호지만 다른 사람의 문장이었다.

안녕하세요. 저는 이순덕 여사님이랑 같이 일하는 응급실 간호사 최○○입니다. 지금 순덕 여사님이랑 같이 있는데요. 카톡 보내신 걸 진작 읽으셨다는데, 답장을 못 쓰셔서 제가 대신 써드립니다. 책을 아래 주소로 보내주시면 제가 잘 전해드릴게요. 고맙습니다!

아차 싶었다. 카톡 답장조차도 이순덕 선생님께는 당연하지 않다는 걸 잊고 있었던 것이다. 우리 할머니와 외할머니도 한 글을 쓸 줄 모르는데, 비슷한 연배인 이순덕 선생님을 대할 땐 왜 생각이 거기까지 미치지 못했을까. 나의 유창하고 오만한 문자의 세계가 잠시 부끄러웠다. 동시에 대신 답장을 써준 최 간호사님께 무지 감사했다. 응급실 어느 구석에서 대신 답장을 써줄 수 있냐고 부탁했을 이순덕 선생님의 모습이 그려지고, 바쁜 와중에도 요청을 들어주었을 최간호사님의 마음 씀씀이도 눈에 선했다.

책을 보내고 몇 주가 흘렀다. 이순덕 선생님과의 카톡창에 두 장의 사진이 도착했다. 『새 마음으로』를 막 받아든 선생님의 모습이었다. 뒤이어 최간호사님의 문장이 뒤따랐다.

그동안 순덕 여사님과 시간이 맞지 않다가 오늘에서야 약속을 잡고 책 전달해드렸습니다. 조금 부끄러워하시는 듯한데 아주 기뻐하세요. 책 챙겨줘서 고맙다는 말 꼭 전해달라고 하십니다. 저한테까지 선물해주셔서 놀랐어요. 고맙습니다. 사실 오늘 순덕 여사님이 입원하시는 날이에요. 강아지를 산책시키시다가 목줄이 확 당겨지는 바람에 어깨가 찢어지셨거든요. 수술을 위해 입원하시는데, 입원 기간 내내 작가님 책 보면서 심심하지 않게 지내실 수 있을 것 같아요.

나보다 훨씬 더 쉽게 다치고 더디게 회복될 선생님의 몸을 생각했다. 선생님의 어깨가 무사히 회복되시기를 기도했고, 그가 주인공인 책이 그의 마음에 들기를 간절히 바랐다. 며칠 뒤엔 이순덕 선생님의 카톡 프로필 사진이 바뀌어 있었다. 새 사진은 『새 마음으로』에 실린 한 장면이었다. 산수유나무 아래에서 마주보며 웃고 있는 나와 이순덕 선생님. 인터뷰중 목마공원을 걷다가 찍힌 사진이다. 병원 코앞에 있는 공원인데도 그곳을 이렇게 산책한 적은 27년간 처음이라고 하셨다. 그 정도로 여유를 부리지 않는 인생이었다. 병원 침대에 누워 책을 읽다가 그 사진 앞에 멈추고, 간호사님께 부탁해 프로필을 바꿔달라고 부탁하셨을 이순덕 선생님을 상상하면 꼭 눈물이 난다.

선생님과의 만남에서 나는 단 한 통의 이메일도 쓰지 않았다. 직접적인 카톡조차 주고받지 않았다. 문자 없이 성사되는 좋은 만남은 허다하다.

그치만 내가 속한 업계는 완전히 문자의 세계다. 이메일 창에서 날고 기는 자들이 바로 내 동료들이다. 우리는 주로 이메일로 일하고, 파일을 주고받고, 이메일로 감탄하고, 이메일로 싸운다. 아름다운 말만 주고받고 싶지만 알다시피 일이란 건 그렇게 돌아가지 않는다.

이연실 편집자님과 나는 사랑하는 사이지만 첫 책의 제목을 지을 때부터 대차게 충돌했다. 우리가 처음 같이 만든 책은 복희님과 나의 오랜 우정을 그린 만화 에세이다. 책이 나오기 전까지 나는 그 원고를 '모녀만화'라고 대충 호명했다. 출간이 가까워지자 제목을 정해야만 했는데 부족한 신인 작가답게 딱 마음에 드는 제목을 도무지 생각해내지 못했다. 그런 내게 이연실 편집자님이 강력히 제안한 제목이 '나는 울 때마다 엄마 얼굴이 된다'이다. 나는 강력히 반대하였다. 그 제목이 너무 신파적이며, 모녀 관계의 지긋지긋한 애증을 고착화하는 제목이라고 주장했다. 에세이 매대에서 유행처럼 따르는 듯한 장문의 문장형 제목이라는 점도 내키지 않았다.

문제는 그걸 월등히 뛰어넘는 다른 제목 후보가 내게 없다는 것이었다. 그것이 바로 젊은이의 미숙한 인생일 것이다. 가끔은 정말 젊음이 싫다. 대안이랍시고 제시한 것들은 '다정한 날들'처럼 느낌 없이 평범하거나 '난자 친구'처럼 아주 이상한 제목들뿐이었다. 하지만 정말 내 첫 책에 내 것 같지 않은 제목을 붙여도 되는가? 마땅한 대안이 없었지만 나는 물러서고 싶지가 않아서 계속 결정을 보류하는 메일을 쓰며 버텼다.

그러다가 이연실 편집자님이 비장하게 말했다. 오늘 당장, 잠깐이라도 얼굴을 보자고. 그가 나를 찾아오지 않길 바랐다.

그가 온다면, 그래서 얼굴을 봐버린다면, 질 것 같았기 때문이다. 마음에 들지 않는 제목일지라도 설득당하지 않을 도리가 없을 것 같았기 때문이다. 그는 폭주 기관차 같은 사람이다.

나는 끝내 그의 방문을 말리지 못하였고, 만난 지 얼마 안 되어 결국 항복해버렸다. 실체가 있는 몸으로 성큼성큼 걸어와서는 온몸을 동원하여 설득했기 때문이다. 그게 왜 좋은지 말하기 위해 눈코입은 물론 손과 발과 어깨와 온몸을 사용하고 있었기 때문이다. 왜 항복할 수밖에 없었는지는 그의 책 『에세이 만드는 법』(유유, 2021)에 더 자세히 적혀 있다.

나는 지금도 제목을 지을 때 반드시 이 지난한 본문 탐색의 과정을 거친다.

이슬아 작가님의 에세이 제목 '나는 울 때마다 엄마 얼굴이 된다'도 이렇게 찾아낸 제목이다. "엄마랑 나는 눈물샘의 어딘가가 연결되어 있는 것 같았다. 그후로도 한참을 엄마가 울 때마다 나도 울었다"라는 아름다운 문장에서 "엄마랑/나/눈물샘/연결/울 때마다"라는 단어를 메모했다. 그러다 책 뒷부분에서 「닮게 된 얼굴」이란 꼭지를 읽는 순간, '찾았다!' 싶었다. '울 때마다' 옆에 '닮게 된 얼굴'을 적어놓고 한참 들여다보았다.

'울 때마다 닮게 된 얼굴'……

이런 순간 어김없이, 좋은 제목을 찾아 헤매는 편집자를 도와주는 건 본문 속 또다른 단어다. 그 장에 이런 문장이 나타났다.

"그러나 엄마가 울 때면 나는 곧바로 엄마와 비슷한 얼굴이 되었다."

사실 이슬아 작가님은 처음엔 이 긴 문장형 제목을 주저했다. '다정한 날들'이라는 너무 도드라지지 않고 감상적이지 않은 담담한 제목을 원했다. 하지만 나는 이 놀랍고 반짝이는 신인 작가의 책제목으로 지나치게 고요하고 무던한 제목은 어울리지 않는다고 생각했다. 개성 있고 튀는 제목안이 필요했고 작가님이 '난자卵子 친구'를 제안했다. 이것은 모녀 관계를 칭하는 통쾌하고 혁명적인 제목이어서 내 마음을 끌었지만, 너무나 직접적이고 저돌적인지라 이 책의 주 독자가 될 2030 여성들이 전철에서 꺼내들고 있기가 망설여지는, 이를테면 '쾌변 요구르트!' 같은 이름인 듯해 마음을 접었다. 온갖 제목 안을 검토한 끝에 작가님과 나는 결국 본문에서 찾아낸 '나는 울 때마다 엄마 얼굴이 된다'라는 문장을 제목으로 낙점했다.

결국 더 구체적인 사람이 이긴다. 더 치열하게 고민한 사람이 이긴다. 그런 사람은 현피를 떠도 꿀릴 게 없다. 결론적으로 '나는 울 때마다 엄마 얼굴이 된다'는 좋은 제목이라는 평을 아주 많이 들었다. 제목 때문에 책을 샀다는 독자들의 리뷰도 심심치 않게 읽을 수 있었다. 내가 생각해도 '다정한 날들'이나 '난자 친구' 따위보다 훨씬 좋은 제목이다.

하지만 한 번쯤…… 누구라도 내 입장을 상상해준다면 좋겠다. 강연이나 포럼에서 나의 차례가 되었을 때, 사회자님께서 여러 저서 중 꼭 그 책을 콕 집어서 언급하시는 경우가 있다. "울 때마다 엄마 얼굴이 되시는~ 이슬아 작가님 모시겠습니다!"라는 멘트가 행사장에 쩌렁쩌렁 울려퍼질 때, 무대 위로 올라서며 내가 느낄 수치심이 조금은 이해되지 않는가? 첫인상부터 대뜸 울보로, 우는 표정이 엄마 닮은 애로 소개될 때의 난감함이 짐작되지 않는가?

그 이후로 정신을 바짝 차리고 일했다. 책을 쓸 때마다 탄탄한 제목안을 10개씩 준비하는 작가가 되었다는 뜻이다. 편집자와 마케터와 작가 모두에게 성에 찰 만한 좋은 제목 후보들. 그것이 작가에게 없으면 사랑스럽고도 부끄러운 애증의 제목이 평생 내 이름을 따라다니게 된다. 그 제목을 결정한 건, 매일 쓰기를 관두고 내 앞에 실제로 나타난 이연실 편집자님의 기세와 정성 때문이다. 일의 한복판으로 들어갈수록, 얼굴과 얼굴을 맞대고 결정하면 좋을 순간들이 잦아진다. 특히나 긴 대치 상황을 이제는 끝내야 할 때, 메일을 그만 쓰는 것이 좋다. 목소리와 얼굴과 표정과 눈빛을 총동원해야 하는 설득이란 게 있다.

이메일을 쓰느라, 그것도 모자라 이메일에 대한 글을 쓰느라 내 마음이 미처 닿지 못한 장소들을 본다. 단톡방을 재잘재잘 채우는 동료들의 수다와, 친구에게 제때 답장도 못 하고 지나가는 나의 봄을 본다. 글쓴답시고 광장도 못 나가고 마당을 뒤덮은 풀도 못 벤 내 인생. 이제는 진짜 이메일을 그만 쓸 때다. 책상을 박차고 일어나야겠다. 친구에게 전화를 걸어야겠다. 긴 산책을 나가야겠다. 군중 속에 슬쩍 숨어들어가야겠다. 그러다가도 아무도 없는 해 저문 농구 코트에서 좋은 노래를 들으며 리듬을 타고 싶다. 이메일을 그만 쓰고. 이메일을 정말 그만 쓰고.

# 다시 하는 사랑

 마지막 글은 저의 음성 지원을 포함합니다. 시각장애인 독자님과 눈을 쉬게 하고 싶은 독자님을 상상하며 녹음했습니다. QR 코드를 연결하시면 낭독이 재생됩니다.

드라마를 쓰다가 미치지 않기 위해 이 책을 시작했다. 나는 원래 산문을 쓰던 사람이다. 산문으로 갈고닦은 필력은 드라마판에선 거의 쓸모가 없다. 한 삼 년은 죽었다 생각하고 각본 집필에만 매진하기로 결심했다. 초짜가 뭔가를 그나마 좀 한다고 말할 수 있게 되기까지 최소한 삼 년은 필요할 테니까. 실력이 없다는 기분을 매일 느끼며 1년 7개월쯤 보낸 참이었다. 새해가 되고 봄이 오고 있었다. 문득 언제 죽을지 모른다는 생각이 들었다. 내 식대로 쓸 수 없는 각본, 거대 자본의 입맛에 맞춰야 하는 글만 쓰다 죽는다면 한없이 억울할 것 같았다.

잘하는 것을 잘하고 싶었다. 지금 당장.

사람은 기술이 있어야 된다고 할아버지는 늘상 말했다. 우리 아빠도 기술이 수반되는 노동의 세계에 평생 살았다. 언뜻 작가의 기술은 실체가 없는 것처럼 보이지만, 살면 살수록 문장력 또한 인생에 실질적인 도움이 된다는 걸 알게 되었다. 막힌 배수관을 뚫는 수리공처럼. 없던 경사로를 뚝딱 짓는 목수처럼. 누군가에게 전수할 수 있는 유용한 기술이 내게도 있는 것 같았다.

재주를 한껏 부리며 쓴 책으로, 그간 새침하게 대해온 자기계발서 매대에 가려고 했다. 자본주의, 신자유주의, 무한성장주의를 숨길 생각조차 없는 그 매대에 나는 자주 질려버리곤 했다. 무슨 책이든 간에 어떻게 남들보다 더 가질 것인지로 귀결되는 시장을 지독하게 놀리고 싶었다. 문학이 받는 사랑의 수십 배를 자기계발서가 받았기 때문이다. 문학의 소비자이자 생산자로서 나는 앙금이 있었던 것 같다. 시치미 떼고 자기계발서 매대 안으로 숨어들어가 강력한 문학 폭탄을 투척하고 싶은 심정이었는지도 모른다. 하지만 자기계발서 주변을 가까이 서성일수록 사람들 마음이 읽히지 않을 도리가 없었다. 누군가의 지침을 그저 따르고 싶은 마음, 내 인생이 이대로는 안

273

된다고 느끼는 그 마음은 나도 모르지 않는 것이었다. 더는 새침한 표정을 짓기가 어려워졌다.

이제는 이 글들이 어떤 장르로 불려도 상관없다는 생각이다. 이게 자기계발이 아니고 무엇이란 말인가? 또한 이게 문학이 아니고 무엇이란 말인가? 어느 쪽으로 팔리든 부끄럽지 않은 글을 썼다고 생각한다.

〈일간 이슬아〉를 통해 초고를 발표한 한 달 내내 멋진 메일을 아주 많이 받았다. 하루는 어느 독자님이 자백을 하며 메일함에 나타났다. 구독료를 안 내고 친구가 받은 글을 날마다 공유받아서 훔쳐 읽었다는 독자님이셨다. 넷플릭스 아이디를 둘이 공유하듯이 말이다. 말하지 않으면 내가 모르고 지나쳤을 그 짓을 굳이 털어놓으면서 그는 이렇게 썼다. "막상 메일을 열고 한 줄 한 줄 쓰신 문장을 바라보니…… 이것이 부끄러운 짓이라는 자각이 들었습니다." 나는 그 사람이 추가로 송금한 만 원이 너무 소중해서 어디에 쓰지를 못하겠다.

하루하루 풀어놓는 기술을 곧장 일상에 적용하는 이들도 속출했다. 꽉꽉한 사무실에서 컴플레인 이메일에 응대하다가도, 복희님이 황재식 사장님께 했듯 고객의 이름을 세 번 부르고

특별 호명술까지 적용하여 화를 금세 누그러뜨렸다는 제보를
받았다. 어딘가에서 섭외 메일을 받았는데 그 메일의 퀄리티
와 특징들로 보아 발신자가 〈일간 이슬아〉를 구독하는 것이 분
명한 것 같다는 제보도 받았다. 무엇보다 기쁘고 당황스러웠던
건 그 기술들을 한껏 활용하여 나를 향해 의뢰 메일을 보내는
이들이 대거 늘어났다는 점이었다. 내가 전수한 공격법에 내가
당하는 느낌이었다. 지나치게 많은 팁을 풀어놨다는 것을 깨
달았을 땐 이미 늦은 후였다. 이렇게 된 이상 전 국민의 이메일
품질 향상에 일조하고 싶다. 글이 널리 읽혔으면 좋겠다.

　독자님들 중엔 커다란 대학병원에서 일하는 직원도 계신다.
이 글로부터 배운 것을 활용하여 쑥스러운 답장을 보낸다고
그는 말했다. 그 메일엔 이런 문장이 적혀 있다.

오늘은 3월달 처음으로 아기가 태어났다는 방송이 흘러나왔습니다.
병원에 있는 모든 직원들은 그 아기를 위해 기도했습니다.
저는 아주 오랫동안 아기의 앞날을 축복했습니다.

　이 세 줄이 왜 이렇게 사무치는 걸까. 언뜻 이메일 쓰기랑 상
관없어 보이지만 나는 너무 알겠다. 그가 왜 이 글에서 배운 것

을 활용했다고 말했는지…… 내 모든 글이 사실은 하나를 가
리키고 있으니까. 그건 아마 '다시 하는 사랑'일 것이다.

  재미로 코팅된 초콜릿 안에 든 달콤쌉쌀한 세상 같았다고
한 독자는 말해주었다. 날마다 손자들을 돌보며 글을 받아 읽
는다는 할머니와, 혼자 읽다가 만 원을 더 내고 딸의 이메일 주
소를 나에게 주었던 엄마들과, 만 원을 더 내고 엄마의 이메일
주소를 적어준 딸들의 이메일도 오래 남는다. 아침 수영을 다
니는 친구는 샤워장에서 나온 뒤에 젖은 머리로 내 글을 읽는
다고 전해주었다. 킬킬대고 훌쩍대며 글을 다 읽었을 즈음엔
머리는 어느새 말라 있다고. 내 글과 함께한 사람들의 시간을
헤아리다가 나는 아득해진다.

  세월이 흐른 뒤에 인생에서 가장 많은 글을 써낸 시기가 언
제인지 돌이킨다면 2025년 3월이었다고 회상할 것 같다. 일간
연재와 드라마 집필 병행이라니. 젊어서 한 미친 짓이었다고
고개를 절레절레 저을 것이다. 그치만 미래의 내가 잊지 않았
으면 좋겠다. 젊음 때문이 아니라 동료 때문에 해냈다는 걸.
  응원과 독촉을 명분으로 우리집에 네 번이나 들이닥치신 출
판사 이야기장수의 이연실 편집자님과 김도윤 마케터님께 감

276

사드린다. 특히 이연실 편집자님은 매일 밤, 매일 새벽, 내가 쓰는 모든 원고를 교정봐주셨다. 언젠가 지나가듯 "이메일 작성에 대한 책이 있으면 좋지 않을까요?" 중얼거린 내 모습을 잊지 않고 반년간 끈질기게 설득하신 김도윤 마케터님께도 감사드린다. 아직 세상에 없는 이 책을 너무 읽고 싶고, 팔고 싶다고 말씀해주신 덕분에 쓸 수 있었다. 마감을 잘하라는 의미로 '마'와 '감'을 사들고 현관에 나타난 두 사람의 우스꽝스러운 모습이…… 죽기 전에 주마등처럼 스칠 것 같다. 제일 가까운 곳에서 매일 차를 내려주고 하소연을 들어주고 눈물도 닦아준 이훤에게도 참 고맙다. 처음부터 끝까지 이 책에 꼭 맞는 모양으로 책을 디자인해주신 데일리루틴 이효진 디자이너님께도 감사드린다.

그러나 가장 감사한 사람은 다수의 구독자를 대상으로 CS를 담당해주신 장복희 팀장님이다. 독자님들의 빗발치는 문의와 건의, 그리고 항의 덕분에 장복희 팀장님의 타자 속도와 마우스 컨트롤 실력이 비약적으로 향상됐음을 전하고 싶다. 내가 산문에서 드라마로 장르를 옮기면서 받은 스트레스는, 컴퓨터를 한 번도 자기 손으로 켜본 적 없던 복희님이 이메일 담당자가 되면서 느꼈을 어려움에 비하면 정말이지 아무것도 아닐 것이다. 복희님이 나를 위해 아주 큰 산을 넘었다는 걸 안다. 그의 즐겁고 윤택한 직장생활이 지속되도록 나의 글 농사를 담대히 해나가고 싶다.

　동트기 전에 일어나 어제 쓴 글을 퇴고하고 일곱시 반에 맞춰 이메일 발송 버튼을 누르던 서른넷의 초봄을 잊지 못할 것이다. '인생을 바꾸는 이메일 쓰기'가 아니었다. '이메일을 바꾸는 인생 살기'였다. 나는 적막 속에서 글과 독대해온 시간이 길다. 그것이 나의 믿을 구석이다. 이제 다시 드라마를 쓰러 가겠다. 산문이라는, 내가 가장 아끼는 장르로 돌아올 수 있을 때까지.

# 인생을 바꾸는 이메일 쓰기

ⓒ이슬아 2025

초판 인쇄 2025년 6월 3일
초판 발행 2025년 6월 12일

지은이 이슬아

기획 김도윤 이연실  책임편집 이연실  편집 이자영 이정은 염현숙
디자인 데일리루틴
마케팅 김도윤 최민경
브랜딩 함유지 박민재 이송이 김희숙 박다솔 조다현 김하연 이준희
저작권 박지영 주은수 오서영
제작 강신은 김동욱 이순호  제작처 천광인쇄사

펴낸곳 (주)이야기장수
펴낸이 이연실
출판등록 2024년 4월 9일 제2024-000061호
주소 10881 경기도 파주시 회동길 455-3 3층
문의전화 031-8071-8681(마케팅) 031-8071-8684(편집)
팩스 031-955-8855
전자우편 pro@munhak.com
인스타그램 @promunhak

ISBN 979-11-94184-33-1  03810